Dellamares in Love

Admirada seja em sua Felicidade

Editora Appris Ltda.
1.ª Edição - Copyright© 2025 dos autores
Direitos de Edição Reservados à Editora Appris Ltda.

Nenhuma parte desta obra poderá ser utilizada indevidamente, sem estar de acordo com a Lei nº 9.610/98. Se incorreções forem encontradas, serão de exclusiva responsabilidade de seus organizadores. Foi realizado o Depósito Legal na Fundação Biblioteca Nacional, de acordo com as Leis nos 10.994, de 14/12/2004, e 12.192, de 14/01/2010.

Catalogação na Fonte
Elaborado por: Dayanne Leal Souza
Bibliotecária CRB 9/2162

S586d
2025
	Paiva, Emanuel Assis de
	    Dellamares in love: admirada seja em sua felicidade / Emanuel Assis de Paiva – 1. ed. – Curitiba: Appris, 2025.
	    145 p. ; 23 cm.
	
	    ISBN 978-65-250-7613-3
	
	    1. Amor. 2. Felicidade. 3. Romantismo. I. Paiva, Emanuel Assis de. II. Título.
	
	                                        CDD – B869.93

Livro de acordo com a normalização técnica da ABNT

Editora e Livraria Appris Ltda.
Av. Manoel Ribas, 2265 – Mercês
Curitiba/PR – CEP: 80810-002
Tel. (41) 3156 - 4731
www.editoraappris.com.br

Printed in Brazil
Impresso no Brasil

Emanuel Assis de Paiva

Dellamares in Love
Admirada seja em sua Felicidade

Curitiba, PR
2025

FICHA TÉCNICA

EDITORIAL	Augusto V. de A. Coelho
	Sara C. de Andrade Coelho
COMITÊ EDITORIAL	Ana El Achkar (Universo/RJ)
	Andréa Barbosa Gouveia (UFPR)
	Jacques de Lima Ferreira (UNOESC)
	Marília Andrade Torales Campos (UFPR)
	Patrícia L. Torres (PUCPR)
	Roberta Ecleide Kelly (NEPE)
	Toni Reis (UP)
CONSULTORES	Luiz Carlos Oliveira
	Maria Tereza R. Pahl
	Marli C. de Andrade
SUPERVISORA EDITORIAL	Renata C. Lopes
PRODUÇÃO EDITORIAL	Maria Eduarda Paiz
REVISÃO	Monalisa Morais Gobetti
DIAGRAMAÇÃO	Bruno Ferreira Nascimento
CAPA	Lucielli Trevisan
REVISÃO DE PROVA	Ana Castro

Dedico esta obra a D. A. e I. S. L. Silva, seu eterno namorado, cuja história inspirou-me na composição deste poema; a todos os apaixonados e a todos aqueles que acreditam no Grande e Verdadeiro Amor.

Agradecimentos

Agradeço a Deus, pelo dom da vida e o dom da sabedoria; à mulher mais forte do mundo: minha mãe, Maria, de quem herdei o Sol em Libra, o Ascendente em Touro e a imensa capacidade de resistir; ao meu amigo Ed, "o amigo que as horas trazem"; aos professores e amigos Lino Figueiredo, Martha Brandão e Graça Correia, pelo grande incentivo e por sempre acreditarem em meu talento; a Alex Pereira da Silva, Julinho, Maiara, José Anselmo Suzart de Carvalho, José Augusto Suzart de Carvalho, Elisangela Rodrigues dos Santos Suzart, Gabriel Kayky Rodrigues Suzart, Luis Henrik Rodrigues Suzart, Renan Silva Mendes, um amigo de longa data, Lua Magalhães, Anderson Sampaio Oliveira, Charles Pereira e a todos aqueles que me incentivaram para a realização desta obra.

Apresentação

Falar de amor é sempre prazeroso, porque ele é um dos sustentáculos da vida, senão o principal. O amor é uma dádiva divina e, como tal, foi dado a todos, e todos têm direito de usufruir desse nobilíssimo sentimento que vive e reina, soberanamente, no coração.

Celebrar o amor faz parte da história da humanidade, e sua celebração é prodigiosa em todas as épocas e culturas. O casamento foi, é, e será sempre um acontecimento de grande importância e muita alegria na vida humana. Por isso, esse ato que celebra o mais puro dos sentimentos jamais sairá da moda e sempre será — por mais simples que seja — realizado com todas as honrarias que a palavra casamento carrega.

Casar-se com alguém ou ir a um casamento como convidado(a) é sempre uma honra, é maravilhoso, pois a energia emanada em tal ocasião é um bálsamo à alma e ao coração; portanto, a descrição do cenário do casamento da personagem, assim como a sua extrema felicidade e beleza, a alegria e emoção do seu noivo, a alegria dos pais de ambos e a alegria contagiante dos convidados são enfatizadas no poema a fim de fazer jus ao título da obra.

Embora a obra tenha os "enfeites" que a poesia me conferiu através de minha sensibilidade, esta é uma história real e está aqui, retratada neste livro, com base em cenas vividas e imaginadas por alguém que ama. É real, porque, em se tratando de amor, tudo é possível, e o limiar que opõe e separa realidade e sonho é rompido e, dessa forma, o sonho pode ser vivido e a vida, sonhada.

Por tudo o que o amor representa e por todos os seus conceitos e predicados, esta obra, intitulada *Dellamares in Love: Admirada seja em sua Felicidade*, é apresentada ao público para que todos aqueles que vivem, sonham, esperam e acreditam no Grande Amor o vivam plenamente e sintam-se representados na história de amor da personagem. A todos aqueles que amam, desejo que sejam tal qual Dellamares, admirados em sua Felicidade!

Sumário

FALA INICIAL 15
CENÁRIO 16
COLÓQUIO I OU DO DIA 3 DE NOVEMBRO 18
COLÓQUIO II OU DO ENCONTRO DE DELLAMARES COM O AMOR 21
COLÓQUIO III OU DO PRIMEIRO ELOGIO 23
COLÓQUIO IV OU DE OUTRO ELOGIO 24
COLÓQUIO V OU DA MÚSICA DO AMOR 26
COLÓQUIO VI OU DAS HORAS SERENAS 28
COLÓQUIO VII OU DO PERFEITO AMOR DE DELLAMARES (I)...29
CENÁRIO 32
COLÓQUIO VIII OU DO ROMANCE NO JARDIM 34
COLÓQUIO IX OU DO SORRISO MATINAL 36
COLÓQUIO X OU DO CORAÇÃO CANTOR 38
COLÓQUIO XI OU DA PRIMAVERA 39
COLÓQUIO XII OU DA PROJEÇÃO DE DELLAMARES COM A PRIMAVERA 40
COLÓQUIO XIII OU DE OUTRO ELOGIO 42
COLÓQUIO XIV OU DO AMOR ESTÁ NO AR 43
COLÓQUIO XV OU DE OUTRAS HORAS SERENAS 45
COLÓQUIO XVI OU DE OUTRO ELOGIO 47
COLÓQUIO XVII OU DE OUTRO ELOGIO 48
COLÓQUIO XVIII OU DAS DOCES RECORDAÇÕES 49

COLÓQUIO XIX OU DE OUTRO ELOGIO..........................50
COLÓQUIO XX OU DE OUTRO ELOGIO 51
COLÓQUIO XXI OU DO AMOR INCONDICIONAL 52
COLÓQUIO XXII OU DE OUTRO ELOGIO 53
COLÓQUIO XXIII OU DAS PALAVRAS AMOROSAS 54
COLÓQUIO XXIV OU DA PLENITUDE DO AMOR DE DELLAMARES 56
COLÓQUIO XXV OU DA GRATIDÃO DE DELLAMARES 57
COLÓQUIO XXVI OU DE OUTRO ELOGIO 59
COLÓQUIO XXVII OU DO MUNDO DE DELLAMARES 61
COLÓQUIO XXVIII OU DE OUTRAS HORAS SERENAS 62
COLÓQUIO XXIX OU DO CORAÇÃO DE DELLAMARES 64
COLÓQUIO XXX OU DA IMENSA PAIXÃO 66
COLÓQUIO XXXI OU DO PERFEITO AMOR DE DELLAMARES (II) 67
COLÓQUIO XXXII OU DA DIGNIDADE DE DELLAMARES 69
COLÓQUIO XXXIII OU DA TARDE DE CHUVA....................71
COLÓQUIO XXXIV OU DO PRIMEIRO SONHO DE DELLAMARES .72
COLÓQUIO XXXV OU DO SILÊNCIO PARA AMAR...............74
COLÓQUIO XXXVI OU DE OUTRO ELOGIO 76
COLÓQUIO XXXVII OU DE OUTRO ELOGIO 77
COLÓQUIO XXXVIII OU DO QUE DISSE ISRAEL A DELLAMARES 78
COLÓQUIO XXXIX OU DA RESPOSTA DE DELLAMARES........80
COLÓQUIO XL OU DO SEGUNDO SONHO DE DELLAMARES ..81
COLÓQUIO XLI OU DE UMA DECLARAÇÃO DE AMOR.........83
COLÓQUIO XLII OU DA VOZ DO AMOR NO CAMINHO 84

COLÓQUIO XLIII OU DO ÊXTASE CAUSADO POR UM BEIJO...87

COLÓQUIO XLIV OU DE OUTRO ELOGIO 90

COLÓQUIO XLV OU DA SERENATA PARA DELLAMARES 91

COLÓQUIO XLVI OU DOS MOMENTOS DE TERNURA 92

COLÓQUIO XLVII OU DO TERCEIRO SONHO DE DELLAMARES..93

COLÓQUIO XLVIII OU DOS MIMOSOS PRESENTES DE DELLAMARES 95

COLÓQUIO XLIX OU DOS DIAS AMÁVEIS........................96

COLÓQUIO L OU DA DECLARAÇÃO NA TARDE DE AMOR 98

COLÓQUIO LI OU DE OUTRO ELOGIO 100

COLÓQUIO LII OU DE OUTRA DECLARAÇÃO A DELLAMARES ..101

CENÁRIO...102

COLÓQUIO LIII OU DO PASSEIO AO ENCONTRO DO AMOR..103

COLÓQUIO LIV OU DA INFALÍVEL PROMESSA DE AMOR ETERNO...105

COLÓQUIO LV OU DO DIA DOS NAMORADOS...................107

COLÓQUIO LVI OU DO BEIJO E DA FLOR 108

CENÁRIO DO NOIVADO 109

COLÓQUIO LVII OU DO NOIVADO DE DELLAMARES 111

COLÓQUIO LVI OU DO QUE DISSE ISRAEL NO MOMENTO DO NOIVADO..114

COLÓQUIO LVII OU DO ANÚNCIO DO CASAMENTO...........116

COLÓQUIO LVIII OU DA EXCELSA BELEZA DE DELLAMARES 118

COLÓQUIO LIX OU DAS VÉSPERAS DO CASAMENTO 121

CENÁRIO DO CASAMENTO..122

COLÓQUIO LX OU DA CHEGADA DA NOIVA NA IGREJA.......124

FALA A DELLAMARES...126

COLÓQUIO LXI OU DA DESCRIÇÃO DA NOIVA..................127

COLÓQUIO LXII OU DO CASAMENTO DE DELLAMARES......128

COLÓQUIO LXIII OU DA FESTA DE CASAMENTO...............130

COLÓQUIO LXIV OU DA SAUDAÇÃO DOS CONVIDADOS AOS NOIVOS 132

COLÓQUIO LXV OU DA EMOÇÃO DE ISRAEL NA HORA DO CASAMENTO...134

COLÓQUIO LXVI OU DA EMOÇÃO DE DELLAMARES NA HORA DO CASAMENTO...135

COLÓQUIO LXVII OU DA NOITE DE NÚPCIAS...................137

COLÓQUIO LXVIII OU DO DESPERTAR DE DELLAMARES.....139

COLÓQUIO LXIX OU DE DELLAMARES DESPOSADA...........141

COLÓQUIO LXX OU DA TOCANTE DECLARAÇÃO DE AMOR A ISRAEL...142

COLÓQUIO LXXI OU DA SOLENE FALA DE DELLAMARES 144

FALA INICIAL

O amor verdadeiro faz
com que os amantes
mesmo distantes,
sintam-se perto um do outro,
porque o amor os leva e também os traz.
Eis que Dellamares vive um amor
tão único, tão verdadeiro, tão imortal,
tão nobre, tão doce, tão sereno e tão amado,
 — que este amor é para ela — um valioso penhor...
O amor de Dellamares é tão natural,
que parece uma flor molhada de orvalho.
Eis o Amor de Dellamares!
Dellamares, por amar e ser amada,
é feliz entre um milhão!
Dellamares é do amor instrumento,
e pelo amor é estimada!
Seu suave pensamento
e seu florido coração
são tabernáculo do Amor,
penhor de eterna duração...

CENÁRIO

Numa casa ricamente florida, toda cercada
de paz, sonhos, flores e Felicidade,
num leito todo azul, junto à janela descortinada,
ouvindo uma música suave, está Dellamares deitada.

Nessa casa, tanto no teto como no chão,
há momentos somente de alegria,
cheiro de Felicidade inebriando
o ambiente. À noite, no imenso clarão
que o amor irradia,
as horas passam chorando
para não interromper, para não acabar
essa — ditosa primazia — de Dellamares, que, amada singular,
é rainha, coroada de Felicidade
no reino do seu perpétuo amor!

De dia, o sol brilha manso e resignado
para não queimar pele e as flores
de Dellamares, que, da janela,
contempla o mundo (o seu mundo) com seus olhos enluarados...
Cheio de amores que a tornam tão amada! É tão bela!
Até os pássaros cantam de forma serena
para não interromper o suave sonho de Dellamares.
Escuta-se música nos ares,
escuta-se música na terra,
escuta-se música nos mares:

É o universo todo se congratulando
com Dellamares,
por ela ser feliz entre um milhão,
tendo no coração o amor, penhor de eterna duração!...

COLÓQUIO I OU DO DIA 3 DE NOVEMBRO

Sábado, 3 de novembro,
o dia amanheceu tão diferente! A aurora
que trouxe o sol, parecia o momento
que o mundo estava sendo feito naquela hora.

Tudo respirava bem-estar.
Sentido inebriante cheiro de flor
que de mim mesma exalava, pus-me a passear
sem esperar que encontraria o amor.

Durante todo o dia, tudo era motivo
de festa. Tudo novo. Era difícil conter
nos lábios o doce sorriso
de felicidade que os olhos pareciam preceder.

Tanta era a alegria, a liberdade,
que o mundo parecia pequeno
aos meus pés. Na verdade,
somente a partir daquele sábado, eu me lembro...

E foi assim que soberanamente
saí a passear
sob aquele sábado que literalmente
me predestinava para o amor encontrar.

Por onde eu passava
o chão virava jardim.
Cheiro de flor, no ar, eu deixava,
pois as rosas estavam em mim...

Então diante de uma pequena multidão
que também saiu a passear,
encontrei o Amor. O Amor do meu coração
que também estava a me esperar...

Ali, naquela hora, se passou o momento
mais doce de minha vida.
Ali, vi o mundo todo diante dos meus olhos. Vendo
o Amor, senti que a vida em mim ressurgia...

Não sabia se estava viva ou morta:
Tudo era bonito diante de mim!
Pensei: "nada mais importa
se é começo ou fim.

Pois nasci de novo, nasci agora
e esta vida é soberana!
Nela mora o amor. (Vida de quem ama)".

Era quase meia-noite, porém
eu posso jurar que o sol estava ali, também
que de modo leve, estava a brilhar.

Para mim, o mundo começou a existir
desde o dia 3 de novembro.
Até os jardins
nasceram naquele dia 3 de novembro.

O dia 3 de novembro
é uma estrela, cujo fulgor
é um pigmento
do mais puro Amor.

O dia 3 de novembro,
aquele ditoso dia de sábado, é e será
um eterno momento
que pelo meu Amor existirá...

O dia 3 de novembro
será a primeira página
do meu livro imenso
do amor. É uma dádiva

que entre um milhão
recebi com chave
que abriu as portas do meu coração
para que o Amor passasse...

Grande dia 3 de novembro!
Para mim, dia de guarda, dia santo
que lembro e relembro
pelo Amor que Amo tanto!...

O dia 3 de novembro (doce recordação)
é uma rosa eternamente fresca e bela
que guardarei para sempre no jardim do coração.
Há recordação mais nobre que esta...?

COLÓQUIO II OU DO ENCONTRO DE DELLAMARES COM O AMOR

Foi no dia 3 de novembro,
num sábado à noite, que Dellamares
encontrou o Amor. Foi um jubiloso encontro.

Desde aquela hora,
Dellamares anunciou aos quatro ventos
que ela seria a mais amada e a mais formosa.

Desde que o amor chegou a ela,
quantos sonhos bonitos!
Todos realizados para a alegria dela...

Quantos sorrisos brotaram daquela boca
como rosas recém-cortadas do jardim
ou como bálsamo da lua vertido em gotas...

Que vida tão leve!
Que sono tão sereno!
E que sonhos tão meigos! Então breves!

Que melodia matinal
Dellamares para o amor e pelo amor cantara
com uma voz angelical!

Seu canto pode ser comparar
ao canto de uma sereia italiana
cantando no concerto no mar!

Desde quando encontrou o amor,
Dellamares prova que a felicidade existe,
pois o Amor, de felicidade, a ornou...

Viva Dellamares! Viva seu Amor!
Viva a Felicidade, que um dia,
do coração de Dellamares se apossou!

COLÓQUIO III OU DO PRIMEIRO ELOGIO

Vivendo sob Amor unicamente verdadeiro,
eis que Dellamares proclama:
"Tudo é fácil, doce, duradouro e suave
quando a gente ama.

É como se acordássemos e, ao acordar,
encontrássemos aos pés da cama,
tudo, tudo de que precisássemos
a fim de não precisarmos caminhar
para as coisas encontrar.

Eu mesma posso afirmar
que por amar e ser amada,
minha vida é uma eterna noite de lua cheia,
minha alma é como a macieira florida,
meu corpo cheira a flor de laranjeira.
Que perfume não tem minha alma?!

Meus cabelos são como a lua nova
que pelo sol e pelo vento é levada
às órbitas desconhecidas
e amorosas
que o infinito do universo oferece.
Tão doce é assim viver!

Quando a gente ama, parece
que a vida cria raízes,
e como frondosa árvore, cresce
e enche o nosso mundo de imenso prazer!"

COLÓQUIO IV OU DE OUTRO ELOGIO

Muito feliz, de outras coisas desapegada,
pelo amor tão estimada,
Dellamares docemente se elogia:
"Ao mundo inteiro quero falar
que ninguém sabe e pode amar
com tanta soberania
como eu, que sou e que serei
instrumento do Amor mais doce que o mel.

Povo todo, sabei
que viva ou morta,
na terra ou no céu,
(não importa!)
eu amo e sou amada
e por tanto amar,
meu corpo é um mar
de ondas gigantes de prazer,
meus lábios quentes
marcam até 500 graus
— calor que só sente
quem ama com prazer!
Minhas mãos não fazem nenhum mal,
pois acalentam o próprio Amor...
Nem Afrodite
tem o corpo tão estrutural (acredite!)
como o meu.

Eu, Dellamares, nascida do amor,
nascida para o amor,
sou instrumento do próprio amor,
de Felicidade fui coroada,
pois a Perfeição me favoreceu!"

COLÓQUIO V OU DA MÚSICA DO AMOR

Música nos ares!
Música na terra!
Música nos mares!
Que música tão bela!

Que música perfeita
composta pelo compositor
que diz que sou perfeita
— inspiração para a música do Amor.

Não há outra música que toque
na alma e no coração
como esta que eleva e comove
a mais nobre emoção...

A música do Amor
escuto toda hora e todo dia.
Onde estiver a música, onde estiver o Amor,
também ali estou, com prazer e alegria.

Por esta música,
exalto todo o meu amor
por quem me sinto serena e lúcida,
e com a música, acompanho-o para onde for...

Meu corpo todo canta;
quando canto,
a minha voz encanta
e Israel chega também, cantando.

Quando sozinha estou,
ponho-me a cantar
a música do Amor
esperando meu Amor chegar!

Vejo tão perto o sol poente...
Ponho a lua em minha mãos...
O horizonte está ali, logo à minha frente...
por causa da música que toca em meu coração!

Vejo minha face — junto com meu Amor —
em tudo: no horizonte, nas estrelas e no mar!
— Todos os sons para mim são a Música do Amor,
porque meu corpo e minha alma são música, de tanto amar!

COLÓQUIO VI OU DAS HORAS SERENAS

Meu corpo e minha alma
cheiram mais que qualquer flor!
Estou mergulhada
no oceano do Amor.
Faço das horas
minhas amáveis e serenas rosas
que no relógio do tempo,
acenam para mim, dizendo:
"Ah, Dellamares, como tu és formosa!
Como tu és amável!
Como tu és amada!
Como é responsável
aquele que te tem por namorada!
Te admiramos! Te admiramos!
Que tua cabeça seja de rosas coroada,
e digno de ti seja aquele que te ama.
Que tu sejas cem mil vezes amada.
É tudo que te desejamos!!!"
Ouvindo essa tocante mensagem
ponho-me em tudo na vida de quem eu amo.
Alegro-me vendo minha vida ser a própria imagem
daquele que, de modo especial,
diz que sou singularmente especial...

COLÓQUIO VII OU DO PERFEITO AMOR DE DELLAMARES (1)

Meu perfeito Amor
da minha vida, do meu coração e do meu ser
para sempre se apossou,
fazendo de mim fonte de alegria e prazer!

Meu perfeito Amor
é para mim música, alegria, sonho,
pensamento, frio e calor.
Está em tudo que quero, espero, tenho e sonho.

Meu perfeito Amor
docemente me conduz
por um caminho de tão suave frescor
fazendo-me ver a casa passo, as delícias que o Amor produz.

Meu perfeito Amor
faz-me caminhar num chão
todo de flores que exalam agradável frescor
que confunde seu cheiro com o do meu coração.

Meu perfeito Amor
que dorme em meu leito
como uma fogueira acesa de longo e amoroso ardor
que queima e arde sem queimar meu peito...

Meu perfeito Amor
entre um milhão
me escolheu, e por mim e para mim se dedicou
de corpo, alma e coração.

Meu perfeito Amor
deixou-me isenta
de mágoa, medo, ciúme, brigas, pavor,
ausência, falta de carinho e toda espécie de ofensas!

Meu perfeito Amor
me ama com tanto amor e tanta doçura
que eu me sinto mais uma flor
do que humana criatura.

Meu perfeito Amor
é meu olhar, meu suor, minha vida, meu alimento.
Eu cegamente o sigo para onde for,
porque dele, só dele, preciso e dependo!

Meu perfeito Amor
é mais preciso do que todo ouro e todo diamante,
é tão elegante, tão encantador!
Meu perfeito Amor torna-se mais perfeito a cada instante.

Meu perfeito Amor
me fascina e me encanta;
fez de meu coração um cantor
apaixonado, que em vez de palpitar, canta.

Meu perfeito Amor
fez do meu corpo um jardim
sublime, de perfeita harmonia e cor!
Meu perfeito Amor deu um mundo para mim!

Meu perfeito Amor
fez de mim, fez em mim
um sol que brilha com intenso calor
enchendo minha vida de luz e amor, assim...

Meu perfeito Amor
está em tudo que enxerga o meu olhar
e é tão perfeito, que certa estou
que é mais amplo e maior que o mar...

Meu perfeito Amor
está na minha vida, é minha vida, meu coração,
é minha riqueza, meu penhor
de eterna duração...

Ah, que doçura, ter um perfeito Amor assim!
Como sou feliz! Oh, que plena felicidade!
Tenho um Amor que é como a eternidade: nunca terá fim...
Entre um milhão, amo e sou amada de verdade!

CENÁRIO

Este imenso jardim
é o paraíso
do Romance de Dellamares. Sim,
é por isso
que há este magnífico bosque,
porque é preciso
tudo ser perfeito para que ela possa viver in Love.
Este jardim é feliz;
suas flores
são o que Dellamares quis: Amor em forma de cores.
O vento aqui é suave brisa
que leva consigo
a cantante fonte de vida
que é Dellamares — abrigo
de todo Amor —!
O chão deste jardim é um espelho
que reflete Amor
Como o amor reflete o olhar do marinheiro...
As pedras deste jardim são colunas
como que de vidro
e brilham como La Luna
num imenso mar de quartzo.
A noite neste jardim é doce
como um eterno amanhecer.
Se não fossem
as estrelas, era impossível crer
que há noite neste jardim.
Flores e árvores sossegadas

sonham sonhos sem fim
que já nem sabem se estão dormindo ou acordadas...
E assim, a vida neste jardim
parece que se realizou.
Pois tudo é tão perfeito, sim!
É tudo perfeito, que a própria vida dedicou
todo o seu cuidado e seu olhar,
a vida se enraizou
neste tão sublime lugar.

Para sempre!...

COLÓQUIO VIII OU DO ROMANCE NO JARDIM

Hoje encontrarei meu Amor
neste jardim
repleto de sonhos, feito para o meu Amor.

Encontrarei meu Amor
no jardim, para fazê-lo florir,
pois quando encontro meu Amor,
faço a terra toda florir...

Debaixo dessas árvores
não verei as horas passarem,
verei os pássaros cantarem,
verei as flores para mim acenarem.

Verei Israel tão sorridente,
verei em seu sorriso
eu mesma sorrindo no seu sorriso...

Que jardim tão feliz! Que lugar tão suave!
Que dia tão breve e tão eterno...
Que hora leve, de minutos tão graves!

Viver um romance no jardim,
quanta doçura!
Até as deusas invejam a minha ternura.

Este jardim
é um horto de sonho, de alegria e de prazer.
É um paraíso apenas para mim.

Sonhos que, realizados, vivi
momentos doces que passaram,
torno a viver aqui.

Vênus vem me felicitar
por causa do meu Idílio:
Causa e efeito de tanto amar...

Cada folha seca, cada flor
que murchou,
as deusas, por mim,
as revigora com amor...

Amor. Amor... tanto é o meu Amor
que se pode comparar
e multiplicar por mil cada pétala de flor.

Cada flor, um abraço,
cada beijo, uma cor.
E assim infinita-se neste jardim, o meu Amor.

Tudo é como a Noite de Natal:
Tanta é a alegria, e infinito o sonho...
A perfeição impera
e a música que escuto é tão especial...

COLÓQUIO IX OU DO SORRISO MATINAL

Minha Felicidade é tanta
que, ao acordar,
desperto com uma suave lira na garganta,
e o sol nascente surge no meu olhar...

Expresso um longo, largo sorriso
que meus lábios à açucena pode-se comparar
no vasto paraíso.
(Tudo por ser amada e amar).

Meu magnífico sorriso
é como o luar:
Num glamour de mistério, é preciso,
mesmo distante, estar perto para se mostrar...

Não há neste mundo, criatura
que saiba, por causa do amor, sorrir
como eu. Meu sorriso é uma luz tão pura,
que é preciso amar para fazê-lo existir.

Meu sorriso é de lírio, açucena e jasmim;
é tão suave! Tão doce!
Ah! Se todos pudessem sorrir assim...
Seriam todos felizes um minuto que fosse!

Quando me ponho a sorrir
meu sorriso de ternura,
ao meu redor, fadas e deusas faço surgir:
Sinto-me mais uma flor do que humana criatura.

Nada mais fica triste
quando expresso meu sorriso matinal.
Tu, ó Vênus belíssima, tu mesma viste
por que sou tão especial.

Pelo meu sorriso,
a alegria é tanta, que até as pedras se riem. Por isso
mais uma vez eu digo por que

faço tudo isso acontecer:
Tenho o bem mais precioso: O Amor.
E só para lembrar,
digo com fervor,
sou digna de tanta Felicidade, por amar
e ser amada,
e mais nada.

COLÓQUIO X OU DO CORAÇÃO CANTOR

Meu coração é tabernáculo
do bem mais precioso: O Amor
que é meu penhor de eterna duração.
O Amor fez de meu coração
um majestoso cantor
que enobrece a minha vida
com tão apaixonante canção.
Meu coração não palpita,
meu coração canta,
meu coração é cantor!
Meu coração canta para o Amor.
Meu coração sublime é digno de nobreza
que concedeu o Amor:
Quando canta, a natureza
toda se cala com fervor,
ouvindo atenta a apaixonante canção
que meu coração canta para o Amor.
No céu e na terra, liras e concertos parados.

No mar, a sereia tão bela
olha menestréis e cantores calados
enquanto meu coração celebra
o Amor com uma melodia incomparável.
A nobreza do meu coração
é tanta, que é incontestável
imaginar e, consequentemente saber
se diante de tanto Amor,
se o Amor reside e inspira-se em meu coração
cantor ou se é eu que sou
a fonte vertente e cantante do Amor...

COLÓQUIO XI OU DA PRIMAVERA

A Primavera chegou.
veio me visitar
trazendo flores e alegria,
vestida de seda e de sonho,
de flores e alegria me ornou.
Ah! Doce hora, me congratular
Com a rainha
da alegria,
dona de todas as flores,
senhora dos jardins e dos prados verdejantes.
A Primavera de olhos multicores
que perfuma este agora, num instante...
A Primavera chegou.
Minha querida Prima Vera,
mensageira da ponte de ligação
entre eu e aquele — tão sofisticado! — salão,
onde, outrora, meu Amor
docemente trabalhara para nossa aproximação...
Primavera, que como eu, é afilhada
da Felicidade, nossa madrinha tão amada!
Primavera, minha Prima Vera
que por mim ficara naquele mundo
até de madrugada...
Somos nós, Primavera! Depois de nós é somente
jardim, música, flores. Alegria e meu Idílio de Amor
dominando um mundo de tão fascinante
beleza que a Felicidade nos deu...

COLÓQUIO XII OU DA PROJEÇÃO DE DELLAMARES COM A PRIMAVERA

Primavera, agora dominaremos o mundo:
Eu com o Amor, tu com o desejo profundo

de fazer um imenso jardim
que nunca tenha fim...

Faremos do solo um tapete
que mostre as antigas flores que o mundo já teve.

Deixaremos em lugar do salão, um bosque
que eternamente mostre

para todos as faces e as alianças
que teceram as minhas lembranças...

Para cada montanha
deixaremos sutileza tamanha...

Em cada vale e cada campo
deixaremos alegria, sonhos e encantos...

Em cada jardim
— faço questão — de mostrar um pouco de mim!

Cada passo
que alguém pisar, lembrar-se-á do que fiz e faço!...

Primavera, escrever em cada folha e cada flor,
a Minha História de Amor
para que, cada flor a desabrochar
renove em mim, a vontade de amar.

E até as flores em seu desabrochar
possam a minha doce história contar...

COLÓQUIO XIII OU DE OUTRO ELOGIO

Sou tão amada,
que festejo o meu Amor
de tal maneira, que só vivo para o Amor — e mais nada.

Sou tão amada! E amo tanto... Sim!
Eu me sinto uma flor
num imenso jardim
repleto de rosas, açucenas, dálias e margaridas
que mesmo felizes, sentem-se cada uma, inferior
a mim que sou a Rosa do Amor e da Vida...

Ai! Tanto Amor! Tanto Amor
sobre meu coração!
Ai! É tanto Amor, que minha vida
também já se tornou uma flor...
Ai! Até minha voz se tornou canção...
Ai! Como é bom amar! Como é doce a vida
de quem ama!

Meu Amor é chuva que derrama
neste jardim que é a minha vida
— toda feita de ternura!...
Em mim e por mim, as horas passam sem serem vistas.
As horas passam com tanta doçura,
que é um sonho puro
ver chegar o futuro...

COLÓQUIO XIV OU DO AMOR ESTÁ NO AR

O Amor está no ar:
Eu mesma posso ver, pesar, medir
— Tudo posso por amar
e ser amada — (razão do amor existir).

O Amor está no ar:
nuvens, vento, estrela, sol e luar
— tudo mostra o Amor
que do mundo todo, por mim, se apossou...

O canto dos pássaros, a voz do povo,
a voz de todos os cantores,
O doce canto da sereia no mar, tudo é canto novo
— É canto de Amor. É canto dos Amores...

Não há mais nada,
não se fala em mais nada.
Só há Amor. Só se fala de Amor
Porque até a fala já é Amor...

Se um pássaro vem de longe a voar,
é o Amor que o leva para outro luar.
Se a aurora se vê brilhar,
É o Amor que em lugar do sol se ver raiar...

Toda melodia é de Amor.
Para espalhar ainda mais
o Amor no ar, quem jamais
cantou, é agora o melhor cantor.

Tanta é a multiplicação do Amor no ar,
que eu vejo o mundo todo se render
aos meus pés: É só olhar
que tudo começa a me compreender.

Seja no ar,
seja na terra,
seja no mar,
O Amor é atmosfera.

É sonho, é folha, é floresta.
Para o Amor, são realizadas grandes festas.
Até o sol se escondeu
quando o Amor para mim apareceu...

COLÓQUIO XV OU DE OUTRAS HORAS SERENAS

Enquanto os dias passam,
as horas serenas
me louvam entre si e marcam
nos ponteiros o meu nome, como emblema.

(A cada milésimo, a cada segundo,
a cada breve minuto
as horas cantam meu Amor nos relógios do mundo)!

Nestas horas, o que vejo
no céu, no horizonte e na terra,
É o imenso desejo
de ser cada vez mais amada e mais bela.

(As horas passam por mim
lenta e suavemente
E levam-me consigo, no sonho sem fim
no relógio da Felicidade, naturalmente).

As horas serenas não se cansam de falar:
"Ah, Dellamares, que tu sejas cem mil vezes amada!
Que tu vivas somente para amar.
Nunca o relógio da vida para ti se atrasará".

Quando escuto essa mensagem,
sinto-me tão renovada
que pareço uma flor desabrochada
ou a figura luminosa que as estrelas fazem.

(E assim tão docemente
pelas horas sou saudada.
Quem, de toda gente
possui vida tão estimada)?

COLÓQUIO XVI OU DE OUTRO ELOGIO

Esta que habita os jardins
sou eu.
Esta que prazerosamente desce escadarias de cristal ao encontro do Amor
sou eu.
Está que pisa descalça no chão
sou eu.
Esta que conversa com as flores
sou eu.
Esta que reflete na face o esplendor das águas
sou eu.
Esta que anda cercada de sonhos e flores
sou eu.
Esta que entre as flores também floresce e se
exalta com elas
sou eu.
Esta que é agraciada pela natureza
sou eu.
Esta que é perfeitamente amada
sou eu.
Sou eu, Dellamares,
que sou pelo Amor estimada
e florida de corpo e de alma.

COLÓQUIO XVII OU DE OUTRO ELOGIO

Entre um milhão,
só eu sou amada,
só eu sei amar.
O amor vem a mim como o sol no verão.
A lua vendo-me enamorada
reflete em mim como reflete no mar.

Meus olhos são o brilho do cristal,
meus lábios são de cereja,
meus braços são tão leves como a luz da manhã.
Todas as noites para mim são de Natal.
Vejo meu rosto nas estrelas
E meu leito é um divã

que abriga, conforta e enobrece
o Amor — Penhor de eterna duração.

COLÓQUIO XVIII OU DAS DOCES RECORDAÇÕES

Dentro da tarde estou;
imersa num imenso oceano
de Amor. Meus pensamentos, longe da dor,
refletem no espelho da vida
as palavras que docemente escuto: "TE AMO".
A Tarde é um abrigo, é amiga,
é uma brisa,
é uma música suavíssima:
Embalsa-me de ternuras e Idílios
que fazem de mim uma roseira florida.
Em meus pensamentos, a noite, as horas,
a espera, o encontro, a alegria — é o meu doce Amor,
que para meu eterno prazer,
a Felicidade me deu.
Meus pensamentos amáveis enramaram
sobre as hastes do tempo, que é
padrinho dos que se amam.
Meus pensamentos ganham vida
neste mundo de eterno prazer,
dentro desta tarde amável, prazerosa
e musical. Diante desta cena singular,
o meu Amor acenando para mim,
diz que já está com saudades
e sua vida é somente para mim amar...

COLÓQUIO XIX OU DE OUTRO ELOGIO

Meu corpo é um favo de mel,
minha alma é a flor da macieira,
minha boca é rosa nacada.
Sou como um estrelado céu
que brilha mais que a lua cheia.
Meu corpo e minha alma cheiram,
pois quando a gente ama, o corpo e a alma florescem.
Se alguém quiser entender
e trouxer perfume caro,
essências, enfim,
verá que seu cheiro é nada
diante de mim!

Sou a deusa, sou a canção,
sou a Harmonia deste doce e eterno Idílio.
Sou a porta de um coração,
sou a estrada, sou a guia
de alguém que me pede com amor
que lhe mostre sempre a direção
de tanta alegria...
Sou a fonte que canta no jardim
do coração
deste que entregou nas minhas mãos
a vida, o olhar, o AMOR
e consequentemente, o coração.

Eu sou Dellamares, escolhida entre um milhão.
Sou a árvore escolhida
para dar sombra, abrigo e descanso
ao AMOR, penhor de eterna duração!...

COLÓQUIO XX OU DE OUTRO ELOGIO

Minha vida é feita de pelúcia;
Todo o meu ser é mais caro que todos os diamantes;
Meu olhos brilham mais que o cristal.
Neste farol de amor,
diante de mim,
Eu não sei quem de nós dois
brilha mais;
Não sei quem de nós dois
ama mais...
Ai! Quanto Amor para tão pequeno coração!
Os dias são tão curtos para tão longo Amor!
Oh, o tempo, mesmo eterno, é tão pouco
para tanto Amor!
Amo tanto! E sou tão amada!
Noiva ou rainha alguma
sabe o que é ser amada e feliz
diante de mim.
Quem falar de Amor diante de mim
verá que seu amor, perante o meu,
é cinza que sob o vento logo se acaba.
Não há lua cheia
que se compare à luz que o Amor
em mim incendeia...

COLÓQUIO XXI OU DO AMOR INCONDICIONAL

É Amor.
Só Amor.
Vivo cercada de muito Amor:
A música que paira nos ares
derrama um pouco desse Amor
e convida-me a segui-la e deixar-me
de corpo, alma e coração nos braços condutores
daquele que tanto me ama.
Eu sou tão amada!
E amo tanto!
Pelo Amor, e para o Amor,
eu, Dellamares, rosa nacada,
preciso cintilar o prazer que minha Vida tem.
Preciso acalentar, afagar o Amor,
que quanto mais se ama,
mais amor me pede...
Preciso falar porque minha voz
já se tornou música.
Preciso sorrir, preciso sonhar,
pois não existe, não há, não haverá
alguém que ame tanto e que seja tão amada
como eu, que fui escolhida entre um milhão.
Eu tenho o sorriso matinal;
Eu sou a perene fonte do amor e do prazer...
Eu posso jurar dizendo que
Eu sou Rainha do Amor soberano,
Eu sou Rainha do Amor Incondicional!

COLÓQUIO XXII OU DE OUTRO ELOGIO

Sinto-me como se estivesse dentro
do próprio vento:
— plácida, ágil e leve,
comandando ritmada o passar das horas
como que embalando um leque.

Estou em tudo. Eu sou a dona de tudo.
A cada manhã, sou saudada
pelo sol, pelo canto de dourados e rouxinóis.
Tenho tudo, não me falta nada.
E há mãos nos ares acenando para mim,
e música cantando para nós.

Nesse universo de Amor,
Viver é amar,
E amar é destino, é objetivo, é causa e efeito!
É a luz do olhar!
Amar é mais que o coração que há no peito!

Eu sou a pétala e o perfume de uma flor!
Eu sou palácio de Amor!
Eu sou horto de alegria!
Eu sou a imagem de carinho e de sedução!
Eu sou objeto de Amor, penhor de eterna duração.

Eu sou Dellamares!

COLÓQUIO XXIII OU DAS PALAVRAS AMOROSAS

Ai! Que dia tão lindo
e que jardim tão florido!
Ai! Que mundo tão perfeito
e que coração em meu peito!
Ai! Que universo pequeno
para quem ama tanto!

Sobre a verde colina,
o azul do céu,
o branco das nuvens,
e a imensidão do amor
impera a ditosa luz do meu olhar...

Sobre o sonho e a canção,
as flores e seus perfumes,
a cascata e o luar
— em tudo impera a ditosa luz do meu olhar...

Vejam a voz do meu Amor
soando entre as paredes dos ares,
rompendo em segundos,
a distância e a saudade.

Vejam as palavras amorosas
que o vento transporta
como as folhas das árvores...

Vejam as palavras amorosas
que acertam meu peito
como as mais agudas setas...

Vejam as palavras amorosas nos ares
e pés apressados no chão:
É meu Amor que vem
com mil beijos para o meu coração...

E eu, apaixonadamente,
para agradecer,
acendo uma luz no olhar
como a estrela mais brilhante do céu.

COLÓQUIO XXIV OU DA PLENITUDE DO AMOR DE DELLAMARES

Vejo a face de quem eu amo em tudo:
nas gotas de orvalho,
nas folhas das árvores,
nas nuvens, no céu estrelado e até no sol.

Nas águas, no infinito horizonte,
nas histórias de Amor,
em cada música, em cada verso,
por toda a terra e nos ares.

Nas fragrâncias, no sabor do mel,
no vinho, na vinha,
em todos os espelhos
e até no vento.

O mundo todo reflete a imagem
 e a face do meu Amor
que devotei para sempre!

COLÓQUIO XXV OU DA GRATIDÃO DE DELLAMARES

Agradeço aos céus, porque fizeram-me perfeita,
linda e bem-amada
e por deixarem-me nascer princesa do Amor na terra.
Agradeço aos deuses do Amor e da Perfeição,
por terem-me dado tanta beleza, tanto fascínio!

Agradeço à Eternidade e ao Destino, que, bondosos,
convidaram-me para escrever minha própria história
 nas dóceis páginas do tempo, onde eu pude (e posso) mostrar a todos
cada cena, cada capítulo desta história
magnífica e singular, cujo final não existe,
pois a cada amanhecer, renovam-se os laços de Amor,
os votos de sinceridade, a juventude de nossos rostos
e, acima de tudo, o desejo incontrolável
 de estar perto contemplando, cuidando, acariciando,
beijando, abraçando, amando...
Agradeço ao Tempo, que se dignou renovar-me
todos os dias para que eu possa amar
e ser amada, sempre como o primeiro dia...
Agradeço à Felicidade, que me impediu
de ser visitada pela solidão, pelo abandono,
pela tristeza e pela traição.
Agradeço à Felicidade, que, para sempre,
pôs sua luz em meu olhar
e palavras doces e meigas nos meus lábios.
Agradeço à Felicidade, que fez de mim
tabernáculo do Amor,

Horto da mais pura alegria;
fez dos meus braços deleite para repousar
o Amor...
Agradeço à Felicidade, que fez de mim
instrumento e testemunha da sua imensa plenitude.
Agradeço ao meu nobre coração,
que abriu suas portas para que o Amor
fizesse sua morada.
Agradeço a mim mesma, que aceitei ser
Princesa deste Eterno Idílio.
Agradeço aos meus pais e aos meus sogros.
Agradeço a Israel, meu Eterno Amor,
que me escolheu entre um milhão e fez de mim
 a Rainha do Amor incondicional — para sempre! —
Agradeço à vida, por tanta alegria,
tanta bondade, tantos sorrisos!
Agradeço à vida, que fez de mim
a mais perfeita rosa,
que entre todas as flores
é a mais querida, a mais amada,
a mais formosa!

Agradeço por ser Dellamares.

COLÓQUIO XXVI OU DE OUTRO ELOGIO

Meu Coração é palácio de toda ternura
e de toda alegria.
Em meu coração residem os mais sublimes sentimentos
e o tesouro mais caro.
As palavras que saem da minha boca
são as mais doces músicas...
Sou a rosa mais querida, a mais estimada,
a mais formosa!
A mais distinta noiva e a mais digna princesa
chorariam diante de mim ao verem minha beleza,
minha alegria e meu semblante tão gracioso!
Quem falar de amor para mim, quando me escutar
verá que é flerte seu pequeno romance.
Mas eu, Dellamares, sou o manancial
do Verdadeiro Amor!
A minha vida (doce vida) estabelece seus ramos
sobre o mundo e eu, assim, (vede) com o corpo
e a alma floridos, pois quando amamos,
o corpo e a alma florescem como uma roseira
em terra fértil nos dias de inverno.
Os meus dias são como uma imensa
árvore frutífera.

Em meu corpo, repousam os mais belos
sentimentos; por isso eu não conheço
a dor da traição, o abandono, a solidão,
os desentendimentos e tudo que é oposto ao amor.
Tanto que eu amo! E sou tão amada!
Meu céu nunca fica nublado
e a lua para mim, é sempre cheia.

Por devotar e dispensar Tanto Amor,
a Felicidade me abençoou
desde o primeiro instante que amei...

COLÓQUIO XXVII OU DO MUNDO DE DELLAMARES

Venham ver meu mundo.
Venham ver como se vive verdadeiramente
feliz. Venham ver a eternidade ser um segundo.
Venham ver o que é viver prazerosamente.

(Andem devagar,
não tenho medo
nem pavor,
pois aqui só se pensa em amar
E quem é supremo é o Amor).

Venham ver e pisar
na maciez deste chão.
Venham sentar
em tronos próprios para quem entende o coração.

(Não tenham medo de tropeçar
pois, aqui, o que importa, é sentir o Amor e não caminhar.
Aqui, felicidade é ser
causa de alguém para amar).

COLÓQUIO XXVIII OU DE OUTRAS HORAS SERENAS

Olho o horizonte tão imenso
com meus olhos apaixonados
e vejo somente o Amor intenso
que brilha em mim, como o céu estrelado.

(As nuvens mostram também,
em diversas formas,
o que meus olhos veem).

Ponho-me a descansar
e escuto, como homenagem, esta
música que me incentiva a amar
e fazer da vida, eterna festa.

(Ai! Meu coração no peito
sorridente chama o tempo todo
pelo Amor único e perfeito).

Aqui, agora, neste momento,
sinto-me presa, abraçada
num sentimento
que lembra Amor, e mais nada.

(Amar é objetivo. É imprescindível
amar. Amar... Meu Amor é incondicional,
é irresistível).

Amamos a todo instante,
inebriados em nosso perfume,
mesmo que (raramente) distantes.
Por termos olhos um para o outro, não há ciúmes.

(Ai! Doce saudade
ver as horas passar!
Mas nosso Amor é maior que a eternidade).

Amor assim, quem já viu?
Quem já teve? Quem assim amou?
Qual Amor que, como o meu, existiu?

COLÓQUIO XXIX OU DO CORAÇÃO DE DELLAMARES

Meu coração é um rio que transborda
de alegria e de Amor.
Meu coração é digno de mim.
Em meu coração residem os tesouros mais caros.
Do meu coração brotam os mais sublimes
sentimentos.
Meu coração é um espelho que reflete a imagem do mais puro e
infinito Amor.
Oh, que lírio brota neste coração,
neste coração amável,
amável e merecedor de tantas carícias, tantos abraços e tantos
desejos!
Meu coração é limpo.
Em meu coração, renasce, a cada batida,
o desejo interminável de amar,
de amar, sempre!
Em meu coração há uma fonte inesgotável de amor e de paixão.
Tristeza alguma alcança a fonte cantante
do meu coração.
Meu coração parece ser protegido pelas
deusas e fadas do Amor,
porque jamais houve, não consta que meu coração
tivesse um pequeno, o mais insignificante desgosto.
Meu coração é maior do que o mundo,
pois é capaz de guardar Todo o Amor que há:
(só há um único, verdadeiro, soberano e duradouro Amor: O meu!
— que mereci entre um milhão —.

Meu coração é nobre.
Meu coração é um oceano de Amor.
Meu coração guarda o que sustenta
toda a minha vida:
O Amor, penhor de eterna duração...

COLÓQUIO XXX OU DA IMENSA PAIXÃO

Um mar, um imenso mar de paixão
arrastou-me com tanta força,
que minha vida e meu coração
são agora ondas gigantescas
nesse mar de paixão!

Sinto-me docemente presa
a esta prazerosa atração
que ao me lembrar do Amor,
acelera as batidas do meu coração,
e um forte desejo arrebata-me em encantador
momento de fascínio, alegria, amor e paixão...
A temperatura é como uma fogueira acesa
que queima, queima sem arder.
À memória se mistura a lembrança
de noivado e casamento que como o preceder
do sol na madrugada, já são vistos com clareza.
No coração, a receptividade e a dispersão
de tanta, tanta paixão!...
Ah, para que o dia e a noite, diante dessa
imensa e perpétua chama acesa em mim,
a chama da paixão...?
Que são os limites da vida, diante dessa paixão?
Que são o sonho, a vida, a alegria e a beleza
diante de mim e do meu Amor???

COLÓQUIO XXXI OU DO PERFEITO AMOR DE DELLAMARES (II)

Meu perfeito Amor é tudo que há de belo,
perfeitamente belo.
Nele não há nenhum vestígio que possa se opor
à Felicidade e ao Amor.

Meu perfeito Amor é a bondade
a alegria, a harmonia, o ritmo do coração
e da vida. Meu perfeito Amor é, na verdade,
a minha outra metade. Juntos, somos a realização

plena de Felicidade. Meu perfeito Amor
vem ao meu encontro, a todo instante
como um eterno beija-flor
que à sua flor predileta, é fiel constante.

Meu perfeito Amor pôs no ar
a minha figura e a luz do meu olhar
para fazer-me conhecida e admirada,
e para, sem cessar, minha face contemplar!

Meu perfeito Amor pôs no ar
ramalhetes de flores
e mandou para mim versos pelo luar,
enriquecendo-me de amores.

Meu perfeito Amor pôs no ar
uma tocante música de Amor
que posso escutar
enquanto apaixonadamente vivo e respiro de Amor!

Meu perfeito Amor fez de meus lábios brotar
a flor perfeita de um sorriso
apaixonado que de tão meigo e bonito,
a nada se pode comparar!

Meu perfeito Amor fez sobre o jardim
do meu amabilíssimo corpo, como um sonho profundo
uma chuva de beijos, pétalas de rosas e jasmim,
fazendo de mim a pessoa mais feliz e amada do mundo!

Meu perfeito Amor fez-me entender
que dorme e acorda pensando em mim
e fala que também fez por merecer
realizar comigo nossa história de Amor que não terá fim.

Meu perfeito Amor reflete no olhar
o meu singular sorriso e mais,
a expressão, a vontade de sempre me amar!
Meu perfeito Amor é a Vida que não morrerá jamais!

Meu perfeito Amor é um sol que brilha
só para mim
e cuja luz nunca terá fim!

COLÓQUIO XXXII OU DA DIGNIDADE DE DELLAMARES

Em mim sussurram diáfanos ventos dóceis
que vêm felicitar-me pelo meu suave destino.
Este destino de só amar e ser amada
numa contínua recíproca.
Em mim pousam os mais ternos cantos
e gestos de amor.
Palavras de incentivo, certeza, alegria
(muita alegria), desejos e votos de Felicidades,
soam em meus ouvidos
a todo instante.
Eu sinto a vida pulsar dentro de mim
e sinto o espírito da verdadeira alegria
apossar-se de todo o meu ser, renovando-me
para amar e ser amada incondicionalmente.
Sinto a generosidade da vida em tudo:
parece que tudo acena para mim,
e escuto vozes amigas nos ares dizendo-me:
"Parabéns, Dellamares, eleita, predestinada,
escolhida entre um milhão!
Parabéns por possuir e dispersar tanto Amor
— Penhor de Eterna duração —!
Que tu sejas cem mil vezes amada!
Admirada és e serás, sempre! Parabéns!"
Em mim há o que é mais belo e feliz.
Não há quem deseje ser feliz como eu.
Em mim descansam as mais brilhantes
estrelas e clareiam luas de ouro...
Em mim o sol adorna seus diademas de ouro

e faz de mim uma lua reluzente de beleza...
Em mim brotam os mais puros lírios
e exalam os mais suaves perfumes.
Ai, que vida maravilhosa!
Para mim (só para mim) estão voltados
os olhos do Amor, num verdadeiro ato
de desejo e de contemplação...
Em mim só há o que é belo, bom, prazeroso
— Tudo que agrada ao Amor —!
Em mim foi posta para sempre,
a doce emoção que me faz flutuar
quando penso no Amor.
Em mim foi posta a Dignidade de conquistar
e ser conquistada, numa eterna sedução,
o status e o coração do meu Amor.
Em mim foi conferido o perfeito uso da razão
visto que faço uso dela somente para a causa de Amar e ser Amada.
Em mim foi acesa, para sempre,
a chama do Amor, do prazer, da alegria
e da sedução.
Em mim, somente em mim, se realizaram
as esperanças da Felicidade: uma história
de Amor que a cada dia se renova
não só os votos de sinceridade, cumplicidade,
Amor Eterno, mas também, e principalmente,
os corpos de ambos.
Em mim repousa, sonha e acorda
o Tesouro mais caro, que só eu possuo
por merecimento: o Amor!

COLÓQUIO XXXIII OU DA TARDE DE CHUVA

Ponham nos ares a música-tema do meu idílio;
abram todas as portas e janelas do meu jardim
e saúdem todas as flores...
Saúdem todas as flores
e vejam a ternura com que me devotam
por eu ser formosa
entre todas as rosas.
Depois, ponham vinho em duas taças
porque nesta tarde quero brindar o Amor.
Quero brindar o Amor
nesta tarde de chuva,
cheia de carícias, sonhos e alegria.
Um brinde ao Amor que, de braços abertos,
vem ao meu encontro
sob a chuva, com o coração tremendo,
tremendo, pedindo que eu o esqueça,
— pois só eu tenho esta dignidade —!
Um brinde nesta tarde de chuva e frio!
Um brinde para nós dois!
Um brinde à alegria!
Um brinde à alegria,
que, mais que a chuva que cai lá fora,
a Felicidade transborda aqui onde estou
como a mais intensa inundação...
um brinde ao meu coração!
Um brinde ao coração de quem eu amo,
um brinde ao Verdadeiro Amor!

COLÓQUIO XXXIV OU DO PRIMEIRO SONHO DE DELLAMARES

Sonhei que num amplo e suntuoso lugar,
estava uma grande multidão
com traje de festa. E tinham algo para festejar.
Vi-me passar por entre aquela multidão
rica e belamente vestida!
Sobre minha cabeça havia uma tiara
e era minha presença, festiva.
Podia-se comparar meu olhar à prata.
Havia um sacerdote no lugar
que fora preparado para mim
e lá eu pude ver Israel a me esperar
enquanto eu seguia assim
como quem paira no ar...
Tantos aplausos! Tantos sorrisos! Todos os olhares
a me olharem com tanta, tanta admiração,
que havia olhos até nas paredes e nos pilares!
Entendi que ali se realizava um grande festão:
— Meu digníssimo casamento estava
sendo realizado (no sonho) sob muita alegria;
afinal, eu amo tanto! E sou tão amada!
E minha vida é doce ventura, cheia de sabedoria.
Vi que a Lua, as estrelas, todos os astros
do céu desciam para abrilhantar
aquele inesquecível momento. Eu, no centro, era o mastro
que o estandarte do Amor iria levantar...

E havia suave música e imensa alegria
por toda a parte. Tudo por mim. Tudo para mim.
Oh, doce mágoa, desse sonho acordar!
Quando acordei, brotou dos meus lábios
um sorriso, como a flor mais pura do dia.

COLÓQUIO XXXV OU DO SILÊNCIO PARA AMAR

O silêncio veio me felicitar
hoje. Não o silêncio da tristeza
ou da solidão. É silêncio para amar.
É silêncio do Amor, tenham certeza.

Envolvi-me neste silêncio, agradecida
por, mesmo no silêncio, escutar
o sussurro, a voz, a canção da vida
pedindo-me para nunca deixar de amar.

É tão mágico! É tão divino
ouvir coisas de amor nesses instantes,
que até meu pensamento é amável hino
que toca o íntimo do coração amante...

No silêncio há uma chama acesa
que incendeia dentro do peito
para que o sonho não pereça
e acabe este momento perfeito.

Neste silêncio estou amando.
Meu corpo está aqui, meu pensamento
está onde meu Amor se encontra! Tanto
Amor em tão pequeno momento!

Estou amando! Estou amando!
Estou aqui, mas estou no lugar de onde Israel vem.
Sinto o afago, a carícia... Lábios me beijando:
Meu Amor está me amando também...

COLÓQUIO XXXVI OU DE OUTRO ELOGIO

Eu sou a fonte infinita do Amor e do Prazer;
De alegria e de beleza fui copiosamente enriquecida:
basta olhar para mim para ver
por que, entre um milhão, fui escolhida!

Eu sou o espelho do Amor;
Sou a morada do Sonho e do Prazer;
Eu sou do mel, o sabor.
Eu sou o Canto do Amanhecer!...

Eu sou a voz da Felicidade,
sou a tradução do Amor, da alegria e da beleza.
Sou dignamente bela por bondade
da vida. Em agradecimento, deixo minha face meiga.

Eu sou a Predileta mansão
da Alegria e do Amor.
Ventos de Carinho sopram em meu coração
e segue-me o romantismo para onde eu for...

Eu sou a flor digna de Amor
que reina neste mundo soberano
de Alegria e Prazer. Agradeço à Perfeição que magnificou
meu ser, isentando-me do engano.

Eu sou o diáfano leito
que abria o sono do Prazer.
Eu sou o horizonte perfeito
que só de Amor se faz resplandecer.

COLÓQUIO XXXVII OU DE OUTRO ELOGIO

Eu sou a causa e o efeito
deste — tão magnífico! — Amor
que dignamente trago no peito
e que é para mim eterno penhor!

Sinto a imensidão deste Amor sobre mim,
como o céu sobre o mar.
Por este Amor, meu pensamento é flauta e clarim;
e há graça e alegria no meu olhar.

Ando suave e serena
sobre a calma, verde campina,
como o vento acariciando a flor d'açucena,
como a noite faz sorrir o lírio e a bonina.

Em meus lábios há o mel da cereja
 — E é o meu beijo uma cascata
de prazer, que só quem ama adeja!
Meu sono é pura serenata.

Eu sou a ditosa brisa
que paira sobre um coração
e sopra-lhe hábito de Amor e Vida
 — pois sua vida é MINHA VIDA —
E o Amor é Meu Penhor
de Eterna Duração...

COLÓQUIO XXXVIII OU DO QUE DISSE ISRAEL A DELLAMARES

"Tu és a luz do meu olhar,
a causa da minha alegria
e a razão da minha vida.
Comigo sempre estarás!
Estarei sempre contigo, seja dia,
seja noite. Tu és, querida,
minha riqueza!
Só tu possuis o encanto, a sedução.
Tu és a figura da beleza!
Amo-te tanto, que só teu amor traz para mim vontade de viver.
Só tu possuis a chave
do meu coração.
Tu és a joia mais cara.

Nada mais importa
senão te amar, só te amar...
Não penso em mais nada,
em mais ninguém, só penso em ti, minha amada.
Ninguém neste mundo tem no olhar,
esse jeito de, cada vez que olhar, mostrar que ama e que é amada.
Ninguém, além de ti, sabe me conquistar!
Tu me conquistas a cada dia.
Cada vez que penso em ti, mais eu te quero!
Amarei-te sempre, minha rainha!
Teu amor é tudo o que eu quero!
Meus olhos são somente para te olhar,
meus lábios existem somente para te beijar,
e meu coração — este eterno apaixonado —,

é somente para ti. A ti, todo o meu Amor.
Tudo que sou, seja para ti.
Quando penso em ti,
sinto-me realizado.
Como posso merecer
tanta dedicação e tanto Amor?!
Nunca me cansarei de dizer
que tu és tão bonita
 — dona do meu coração! —
Quero beijar o chão
que tu pisas, pois
por onde tu andas, fazes tudo florir:
— Feliz sou eu que entre um milhão,
escolhi a ti
para amar e entregar o coração.
Não sei com que palavras
eu possa te exaltar,
pois diante de tanta beleza, tanta felicidade,
sinto-me extasiar,
longe da mágoa,
hipnotizado e mudo, deixando que o olhar
e a serenidade tentem expressar
um pouco deste Amor, desta Paixão
que fazem da minha vida
uma solene e eterna festa.
Espero que eu tenha o merecimento
de contemplar e Amar
— para sempre — a beleza do Teu Rosto
que tanto me alegra!"

COLÓQUIO XXXIX OU DA RESPOSTA DE DELLAMARES

Meu Amor! Meu doce Amor!
Eu nasci para te amar
Com todas as forças,
Com todo o fervor
da minha alma e do meu coração.
Tu falas na minha voz.
Minha vida provém de ti!
Tanta beleza que possuo
é só para ti.
Que Felicidade!
Ser, por ti, amada,
é ser uma deusa!
Quero seguir-te por entre as estrelas
sentindo ventos de sonhos tão suaves!
Quero, ao teu lado, pisar chãos todos de alegria
e festejar o nosso Amor!
Quando olho para ti, vejo um sol
no teu olhar
e tomo um forma meiga e apaixonada para te beijar.

Quero ser sempre assim: Digna do teu Amor
e como tu disseste, também eu quero "sempre
beijar o teu rosto que tanto me alegra!"

COLÓQUIO XL OU DO SEGUNDO SONHO DE DELLAMARES

Outra vez sonhei um sonho maravilhoso
que anuncia incomparável Felicidade
no futuro. Eis o que sonhei de novo:
Sonhei com um mar, um imenso mar
de rosas, cuja beleza era uma raridade.
Ondas de perfume vinham
ao meu encontro e eu me pus a navegar
por entre a imensidade do mar...
Vi que as rosas não tinham
espinhos. E eu nadava...
De quando em quando
ouvia músicas e contemplava
ramalhetes de carícias e beijos,
e a doce voz sussurrando sem parar,
que está, para sempre, a me amar,
fazendo-me entender
o quanto eu sou amada!
Eu nadava e flutuava
nas ondas de rosas
e, tudo ao redor dava-me motivo
para que eu sorrisse
e ficasse mais formosa!
Meu corpo brilhava tanto,
que eu não sabia
que brilhava mais: se eu ou o luar.

Sabia que eu amo e sou amada,
e o mar que eu me vi imersa,
é a prova de que eu, por amar
e ser amada,
sou assim, singularmente agraciada
Como a rainha do mar de Amor,
Penhor de eterna duração...
Quando do sonho acordei,
sentindo extasiada o frescor
daquele imenso mar de rosas
que me fez da paixão o sabor,
do qual eu sou proprietária,
— meu júbilo foi tanto — que,
— até meus suspiros foram rosas perfumadas —
que fizeram de mim uma sereia
muito formosa,
— mais formosa que o luar...

COLÓQUIO XLI OU DE UMA DECLARAÇÃO DE AMOR

Pus-me a passear pelo jardim
e vi mais uma vez o quanto
sou amada: Doce perfume exalava de mim
perfumando os ares enquanto
eu caminhava entre as flores, cercada
da tantos sonhos, tanta alegria, ouvindo
e excelsa voz do meu Amor dizendo: "Minha amada,
olha na imensidão, a vida está sorrindo
para nós. Abre as portas do teu doce coração
e da tua florida alma e acolhe tudo que vem a ti,
pois de tanto te amar, suspirei na amplidão
do universo os mais suculentos beijos para ti.
Veja meu semblante em cada estrela:
— É simplesmente um fragmento
de quem te ama e te deseja
todos os dias, a cada momento.
O ar que tu respiras é meu hálito
fresco como a hortelã
que eu, teu eterno namorado, te dou, apaixonado!
Tu és, querida, a suave brisa da manhã".
E assim, ando tão meiga pelo jardim,
que até as deusas se curvariam diante de mim.
Enquanto vou caminhando,
Vou lendo o que está escrito nos ares:
"Eu te amo, eu te amo, eu te amo"...
E ouvindo a voz amada dizendo sem cessar:
Eu te amo, Eu te amo, Eu te amo...

COLÓQUIO XLII OU DA VOZ DO AMOR NO CAMINHO

Eu sou a rosa da manhã
que renasce de mim mesma,
gotejando do extremo do meu ser,
o mais delicioso perfume de amor.

Eu sou o sorriso do amanhecer
que ilumina e cativa
o coração amado:
— Amando e sendo amada.

Por um caminho todo de carícias
vou seguindo...
Medo de rejeição e dúvida de ser amada
nem alcança o meu olhar.

Sigo docemente carregada
de vida, de alegria, de bem-estar,
de paixão, de carisma e muita sedução,
num caminho repleto de Felicidade.

Quanto mais eu ando, mais o caminho
se estende, pois o que me faz caminhar
é mais que todas as estrelas do céu.

O que me faz caminhar, sempre,
é o mesmo que abre o caminho,
é o que me chama com ternura
e me pede vida para que ele possa viver...

O que me faz caminhar,
é ao mesmo tempo, meus pés
e o longo caminho
que se estende, florido, diante de mim.

O que me faz caminhar
é a doce voz que meus ouvidos
escutam: "Amada minha,
luz dos meus olhos,

fiz para ti este caminho
todo feito de carinho, de estrela,
de música... de música tecida
com um pouco do meu desejo

de te beijar, dentro da estrela
mais brilhante que há no céu.
Caminha neste caminho,
que a cada hora que passar,

mais desejada, mais amada,
mais querida tu ficarás!
Pisas neste chão devagar, com atenção
para não machucar, para não ferir

meus lábios, pois beijei
o lugar que tu pisas,
perfumei com essência do luar
e pus flores e estrelas.

— Tudo por ti, tudo para ti,
tudo em ti,
tudo através de ti,
reflete o que eu sou, em ti.

Neste caminho, para ti,
sol azul brilhará sorrindo,
luas de amores cairão diante de ti.
Estrelas de sonhos cairão para ti.

Caminha, minha amada,
vem ao encontro deste teu escravo de amor,
que te ama tanto, mas tanto,
que só de pensar em ti, vê tudo que há no mundo sorrindo".

E assim, tão amadamente,
vou seguindo meu caminho,
com a certeza de que
nunca chorarei

porque, o que me faz caminhar,
o que me dá força e coragem
necessária para seguir,
É dono dessa voz

que fala em mim, por mim e para mim:
— A voz do Amor
Penhor de eterna duração.

COLÓQUIO XLIII OU DO ÊXTASE CAUSADO POR UM BEIJO

Enquanto ouvia esta declaração,
vi tudo ao redor
de mim sorrir. Meu florido coração
sentiu mais uma vez a força maior.

Meus lábios, mais doces
que o mel, puseram-se como taças
cheias, como se fossem
pombas apaixonadas

e, carregados de beijos,
eclipsaram-se no momento
que os outros lábios, cheios de desejos,
beijaram-me como brasa ardendo...

Senti o mundo todo sair
do lugar, ficando
eu e meu Amor e as estrelas a sorrir
Mostrando que estávamos nos amando...

O beijo era tão forte
e tão longo e tão veloz,
que nem a morte
alcançaria nem um de nós!

Enquanto beijava,
sentia uma brisa
no corpo e na alma.
— Era como uma gaivota a minha vida...

Só queria beijar!... Meu desejo
era só beijar
enquanto, pelo beijo,
me deixar levar...

Pelo longo e profundo
beijo, pude percorrer
céu, terra e mais mundos
que tivessem de aparecer.

Quanto mais beijava,
mais longe eu ia
e mais amada,
prazerosamente, me sentia.

Quanto tempo o beijo durou,
eu não sei.
Mas ainda no êxtase, meu coração escutou:
"Será sempre assim, te amarei

a cada instante. Este beijo,
é apenas um fragmento
do oceano de desejo
que renasce em mim, a todo momento.

Enquanto te beijei,
quantas estrelas brilham
agora! Para sempre beberei
os licores da tua boca, que tanto se multiplicam!"

Ao ouvir isto, beijei, cheia de alegria
outra vez os lábios
que durante a eternidade beijarei
todos os dias.

COLÓQUIO XLIV OU DE OUTRO ELOGIO

Eu sou a verde colina
onde a sombra do Amor
impera o tempo todo.
Eu sou a Cantante fonte
que, sorridente, jorra sem parar,
águas do mais cristalino Amor.
Eu sou a terra preferida,
diamantina, terra escolhida
para Amar. E ser amada.
Eu sou uma lua de cristal
toda cravejada de tantos beijos.
Eu sou a porta de um coração.
Eu sou Dellamares,
escolhida entre um milhão
para ser eternamente amada.
Eu sou Dellamares,
a quem o Amor, singularmente, privilegiou.

COLÓQUIO XLV OU DA SERENATA PARA DELLAMARES

Acorda, princesa,
Cheia de amores,
com a luz do sorriso acesa
e ilumina-me com teus fulgores.

Acorda e sopra no horizonte
o teu hálito doce.
Estende nos ares uma ponte
que possa ligar nossos passos.

Acorda, princesa minha!
Que o teu despertar
seja mimoso como a andorinha
quando se põe a voar...

Acorda, princesa do meu jardim,
floresce meu dia
e planta em mim
a tua alegria.

Acorda, princesa,
que tu és mais bela e mais formosa
que as estrelas,
que as rosas.

COLÓQUIO XLVI OU DOS MOMENTOS DE TERNURA

Hoje, mais uma vez fui incentivada
a amar, amar sempre,
pois sou infinitamente amada:
Ouvi uma música suave,
levemente, tocar em meus ouvidos
e, principalmente, em meu coração.
Nesse instante, vi aves
pousarem no jardim, onde o sol comovido
brilhava com calma e atenção.
Enquanto a música eu ouvia,
mais de graça me enriquecia.
E a música repetia
sem parar:
"Eu te amo! Eu te amo!
Para sempre, eu vou te amar"...
Eu ouvia e contemplava
as flores acenando para mim
e as estrelas que sobre mim pairavam.
Enquanto tudo isso acontecia,
eu me sentia,
eu me sinto perfeita, amada
e, portanto, privilegiada
por Amar e ser Amada.

COLÓQUIO XLVII OU DO TERCEIRO SONHO DE DELLAMARES

Mais uma vez eu sonhei.
E este sonho é um prelúdio, eu sei,
que em breves dias,
o futuro me trará.

Eis o meu sonho: sonhei
com uma solene festa
que jamais esquecerei
a felicidade que vinha a mim às pressas...

Havia muitos convidados
que acenavam para mim admirados,
pois eu, radiante de beleza,
era a única princesa.

Havia música e flores
e ali, por mim e para mim,
o Amor se retratava em festas e cores:
Havia harpistas no jardim.

E foi-me entregue um ramalhete
de flores e um bilhete
que dizia:
"Alegra-te, a hora do nosso noivado se avizinha".

Então, cheia de amor e sorrisos,
pus-me a esperar
o momento que seria preciso
pôr aliança no dedo e beijar...

E no momento esperado,
sob elogios, músicas e aplausos,
pusemos em nossos dedos as alianças
— sinal de enlace, compromisso com esperança.

Enquanto tudo isso
acontecia, Israel me beijava
para selar o compromisso
e eu sabia que era (e sou) amada.

Enquanto a cena do beijo se passava
naquele cenário, eu olhava
à minha volta e via
flores no ares que me acenavam, desejando-me alegria.

A partir daquela hora,
O Amor em meu olhar luzia.
Minha aliança brilha como a aurora;
Como o sol no meio-dia.

E transbordava Felicidade em mim
como a voz dos anjos nos clarins.
Tão feliz eu estava,
que não sabia se estava dormindo ou acordada.

E quando do sonho acordei,
olhei o meu dedo admirada:
No lugar da aliança, observei
que tinha uma marca que cintilava.

COLÓQUIO XLVIII OU DOS MIMOSOS PRESENTES DE DELLAMARES

Saudada pela suave brisa
que traz para mim, todos os dias,
a voz amada que é a luz de minha vida,
minha alma floresce cheia de alegria.
E cheia de estrelas
no meu olhar
e com excelso porte de princesa,
ponho-me a contemplar
os muitos presentes
— cheios de mimos —!
que sempre recebo, toda contente!
Tanto os estimo,
pois o príncipe que os oferece,
vem junto em alma e coração
e é por quem minha vida floresce
com tanta perfeição!
Quantos presentes!
Quantos beijos recebi com cada
presente! Como eu Amo!
E quanto sou amada!
Feliz sou eu
que Amo
E sou Amada!...

COLÓQUIO XLIX OU DOS DIAS AMÁVEIS

Dias após dia, a cada dia,
a cada hora que passa,
aumenta em mim completa alegria,
fazendo-me entender que sou Amada.

Para onde vou, por onde ando,
sinto a presença do príncipe amado
que me segue, simplesmente me amando,
enchendo-me de carícias, beijos e cuidado...

Olhando o céu, sinto
que o sol manda para mim divina mensagem
e acena para mim, sorrindo,
lembrando que seu brilho é do meu Amor, a imagem.

Ando entre flores e estrelas,
respirando perfumes doces
que me suavizam mais que uma princesa,
e meus olhos cintilam de amores.

Sopram em mim ventos
cheios de abraços e beijos.
Brotam de minha alma sentimentos
dóceis: sementes do Amor que tenho e desejo...

A minha face, cheia de alegria
resplandece no espelho do Universo
ao longo desses dias,
Como a poesia cintila nos versos.

Ando docemente perfumada
debaixo de um céu todo florido,
como a brisa na noite enluarada
seguindo os passos do Cupido...

Meus dias são todos felizes:
Entre brisas, músicas e beijos,
repouso meu coração, instrumento insigne
de Amor, Sonho, Carícias e Desejos.

Até o sol ao meio-dia,
ao longo desses dias amáveis,
é tão suave e dispersa alegria,
E eu disperso uma beleza invejável.

COLÓQUIO L OU DA DECLARAÇÃO NA TARDE DE AMOR

Minha amada!
Tu és a causa do meu existir,
a causa da minha alegria,
e o sopro da minha vida vem de ti.
Não permita que nada
nem ninguém escureça meus dias
e tire teu amor
de perto de mim.

Peço-te por amor ao nosso amor
que tu multipliques em mim
a doçura do teu beijo e do teu calor,
que eu, por ti, tudo farei.
Ofereço-me a ti como o mais insignificante
objeto dos teus desejos
porque sou e para sempre serei
o teu escravo de Amor.

Serei teu eterno e fiel servo,
e tu serás para sempre
minha rainha
que escolhi entre um milhão.

Faz desses instantes
que nos pedem para amarmos,
momentos marcantes

E fala-me coisas que só tu sabes dizer
— coisas que se fala com o coração
e quem ouve, sorri com o coração.

COLÓQUIO LI OU DE OUTRO ELOGIO

Eu sou a Terra fértil, rica de graça,
Amor e Ternura.
Eu sou a única, a escolhida
pelo Amor para ser eternamente amada!
Eu sou a flor perfeita e pura
que cheira e respira
os mais caros perfumes!
Eu sou a doçura
de um destino, cujos caminhos
são feitos somente de infinitos beijos...
Eu sou a rosa que não tem espinhos.
Eu sou a fonte vertente
dos mais apaixonantes desejos...
Eu sou a música que desperta o coração
amado para as mais perfeitas emoções...
Eu sou uma noite enluarada
que o Amor impera...
Eu sou a voz do Amor
— Penhor de eterna duração...

COLÓQUIO LII OU DE OUTRA DECLARAÇÃO A DELLAMARES

Meu Amor! Luz da minha alma!
Tu que acende a luz dos meus dias
e com teu perfume, alegra todas as flores,
peço-te, compartilha comigo
o prazer que de ti mesma se dispersa.
Ergue altas torres de paixão
e fortalezas imensas de puro desejo,
clareia tudo com teu brilho
ó mais brilhante estrela das estrelas!
Consome na profundeza do teu mar
o navio de beijos que humildemente
ponho a navegar...
Acaricia-me no nosso leito
que tu mesma fizeste
com os mais nobres gestos de perfeição!...
Acalma-me de corpo e alma
em teu plácidos braços.
Afaga-me quando eu não mais poder falar,
para que, com teus afagos vitais,
eu reviva e agradeça a ti com Amor,
Dedicação, Respeito, Carinho e muitos, muitos beijos.
— Pois de ti, somente de ti, eu vivo.
Eu vivo para te amar.
Serei para sempre, escravo do teu amor.

CENÁRIO

Eis o horizonte infinitamente plácido:
Nuvens desenham no céu
coisas de Amor.
Estrelas formam fulgentes palavras
de felicitações
que só quem é amada pode entender.
Eis o chão todo macio como a pelúcia
que abraça os passos de Dellamares.
Eis o frescor do mais puro perfume
exalando e inebriando os ares
com o cheiro dela.
Eis os acenos da atmosfera que tocam
o seu olhar...
Eis a natureza toda em festa
— saudando a magnífica presença de Dellamares,
que se põe a passear
imersa no infinito sopro de Amor...

COLÓQUIO LIII OU DO PASSEIO AO ENCONTRO DO AMOR

Toda vestida de sonhos pus-me a passear...
Os passos que pisava no chão
eram estrelas a brilhar,
e uma música tocava em minha direção.

Entre prados e jardins sorridentes,
eu caminhava como um perfume ao vento...
Mais que as princesas, eu sempre atraente,
seguia como um dia amanhecendo...

Estrelas no céu, acesas,
pairavam diante de mim,
fulgindo ainda mais a minha beleza,
e refletindo nelas o meu brilho, por fim.

Por onde passava, sinais de ternura eu deixava
e um lindo horizonte diante de mim se erguia...
O desejo de ser feliz plenamente era um mar que meu sonho navegava.
E brilhava para mim um sol de alegria.

E quando na pracinha cheguei,
para minha grande surpresa,
entre o vento e a música, contemplei
Israel que já exaltava minha beleza...

Enquanto apaixonadamente me dizia:
"— Espelho de minha alma, como é formosa
a doçura da tua boca, cheia de alegria!
— Como eu te amo! Dai-me um beijo, agora"!...

COLÓQUIO LIV OU DA INFALÍVEL PROMESSA DE AMOR ETERNO

Dai-me a tua mão, amada!
Alegra-te no infinito do coração
que cada dia que passa
é um prelúdio da mais nobre emoção
de que serás, para sempre, tomada!

Dai-me a tua mão e vem!
Vem sonhando, vem sem medo
que tu, mil motivos tens
para erguer nos ares o destro dedo
que receberá com festa o anel que lhe convém.

Alegra-te e segue-me! Vem comigo
e verás como és singularmente amada:
Levar-te-ei a um paraíso
onde a luz do sol é teu brilho que retrata
e somente nosso Amor é preciso.

Andarás entre sonhos e estrelas,
sempre doce como o mel das madrugadas...
Sentirás, todos os dias, a ternura de seres perfeita
— entre um milhão, plenamente amada!
Teus desejos serão como a vinha na colheita...

Minha Princesa! Minha amada!
Farei as tuas vontades.
Tu acordarás todas as amanhãs, saciada!
Teu semblante mostrará que és feliz de verdade
e todas as noites serás, apaixonadamente, desejada!

Vem comigo! Dar-te-ei meu amor
cuja fonte é infindável...
Refrescarei o teu calor
com meus beijos e meu desejo incontrolável...
E tu sentirás na tua vida, do nosso Idílio, o sabor!

Vem comigo e andaremos
para onde tua vontade
nos levar e receberemos
então, o prêmio que a Felicidade
nos dará, e ao mundo inteiro nosso júbilo cantaremos...

O Amor, pela nossa alegria,
à nossa frente caminhará,
e a paixão será nossa estrela-guia,
que para sempre refletirá
o brilho do nosso olhar, na luz do dia.

Andaremos apaixonados, de mãos dadas
e como prêmio, não teremos a menor preocupação,
nem dores, nem tristeza, nenhuma poeira que deixe nossa alegria toldada.
O Amor brotará de nossa alma e de nosso coração.
Por isso, nossa juventude será todos os dias, renovada.

Seremos tão felizes! Tão de amor realizados
que até as pedras serão macias como o mais suave colchão
permitindo nos amarmos sob os campos enluarados...
Não haverá humanos e deuses de que seremos invejados
pela chama de Amor em nosso coração.

COLÓQUIO LV OU DO DIA DOS NAMORADOS

É 12 de junho. Dia dos namorados.
Amanheceram sobre a terra
corações desenhados
e mensagens na minha janela.

Guarniam estes plácidos ares,
vários ramalhetes de flores
e eu me via nos espelhos dos mares
toda cheia de sorrisos, entre estrelas e flores.

De todos os lugares,
surgiam a cada instante,
presentes feitos de luares
que fulgiam em meu semblante.

Letreiros no horizonte eu lia,
que apaixonadamente,
meu coração de amor, se enriquecia
Entre um milhão, singularmente.

Em todos os lugares, havia
uma demonstração
de amor para mim, pois me envolvia
uma imensa atmosfera de alegria e de paixão.

E tudo mais era serenidade:
—Voz do tempo me dizendo
que serei amada por toda a eternidade,
e minha alma estará eternamente florescendo...

COLÓQUIO LVI OU DO BEIJO E DA FLOR

Hoje cedo, no jardim,
docemente eu estava.
Israel veio a mim
mais um vez para dizer o quanto sou amada.

Eu estava entre a flor d'açucena
e uma roseira formosa.
Estava tão serena
que vi florescer uma rosa.

Israel me beijou
e a rosa floresceu.
Todo o jardim me contemplou:
Por mim, a flor da Felicidade nasceu.

Que beijo tão doce!

E assim o jardim todo se renovou.
— Prodígio supremo do Amor:
A cada beijo que ganhava,
fiz brotar todas as flores, por ser tão amada!

CENÁRIO DO NOIVADO

Esta sala é o lugar
onde, desde de sempre, fora escolhido
para selar
o noivado de Dellamares. Está escrito
tudo nas páginas do tempo.
Há grinaldas postas nos ares.
Fios de incessante prazer, o destino está tecendo.
E o nome dela surge nos mares...
Estrelas brilham agora neste lugar,
onde, a qualquer momento,
os olhos da noiva começarão a iluminar...
Ventos infantis trazem a cada instante,
inúmeros sorrisos juvenis,
que saúdam a Cascata Cantante
da Excelsa noiva nos jardins.
O ar que aqui se respira
é ar puro de Felicidade,
— Felicidade que jamais expira.
O horizonte, com naturalidade
desenhou junto ao sol a silhueta
de Dellamares sorrindo.
Em cada rosto, a certeza
de estar sonhando, sem estar dormindo:

Entre flores e sorrisos, surge Dellamares, princesa
do coração de Israel, cujo olhar está luzindo...
Entre todas as luzes, Dellamares é a mais perfeita
— deusa do Amor, resplandecente de beleza
que o Amor proclamou, para sempre, eleita.
Com júbilo e admiração,
saudemos Dellamares,
pela sua dignidade de ser Amada com Perfeição.

COLÓQUIO LVII OU DO NOIVADO DE DELLAMARES

Nesta hora em que tudo o que há no mundo
canta e proclama alegria,
Eu, Dellamares, abro as portas do Meu Coração,
as portas da Minha Alma
até o infinito do meu ser,
para estabelecer em mim
o trono, o tabernáculo, a mais romântica
e eterna morada do Amor.
Doravante, por mim, em mim e para mim,
o Amor reinará
num eterno ciclo de tão perfeita harmonia.
Meu sorriso será o sol de todas as manhãs
que brilhará em todos os jardins,
e meu semblante será
as estrelas das noites alegres e apaixonadas...
Farei de cada dia
um universo de beijos, carinhos e abraços
— objetos de Felicidade! —
Doravante, serei um espelho
que refletirá a imagem da mais perfeita Felicidade.
Serei a alegria de todas as flores e das estrelas.

E serei a inspiração e exemplo
para todos os idílios.
Os mais lindos e suaves sonhos de Amor,
por mim, em mim e para mim, se realizarão,
pois fui singularmente banhada
na fonte da perfeição
e em espelhos de graça e beleza
brilha meu rosto, cheio de ternura e de Amor.
Sou perfumada com os perfumes
da alegria e do prazer.
Nesta hora em que as vozes das deusas,
das fadas e dos anjos falam para mim sem cessar, num verdadeiro ato de contemplação:
"Tu és a predestinada, a eleita, entre um milhão
escolhida, atende o nobre e doce pedido de Israel
teu noivo e ama-o!
Ama! Ama! Ama do fundo da tua alma,
pois tu és a fonte fecunda
e infinita do Amor e do Prazer.
Enquanto houver flores nos jardins,
tua juventude e a dele serão renovadas a cada dia.
Em vocês e por vocês,
se realizarão as esperanças da Felicidade,
porque vocês se amam de verdade,
ou seja, se amam de corpo, alma e coração.

Ama! Manifesta o teu amor, que a cada dia,
a vida irá te enriquecer de alegria plena.
Amas, e não tenhas dúvida que és e serás
sempre amada, desejada e mais: ADMIRADA!
Ama infinitamente e fica tranquila
que Amor e alegria não irão te faltar.
Tudo que tu tens, só aumentará.
Serás independentemente de tempo e de espaço,
perfeitamente jovem, feliz e amada!
A Felicidade te abençoou para sempre"!
Nesta hora, quero dividir com todos
um pouco desta Felicidade que se apossou de mim
desde o dia em que encontrei Israel — meu eterno namorado.
Nesta hora, meu amor, ponha em meu dedo
o anel que tu escolheste para ser a estrela
do nosso matrimônio e o círculo do prazer
que ligará os nosso corações
e a seta que — nos apontará para sempre —
o caminho da nossa realização.
Eu te amo! E te amarei eternamente...

COLÓQUIO LVI OU DO QUE DISSE ISRAEL NO MOMENTO DO NOIVADO

"Dellamares! Meu Amor!
Minha vida vem de ti.
Quanto mais eu te amo,
mais cheio de vida eu fico.
Tenho sede de ti,
tenho sede te amar.
Amar-te é tudo para mim.
Quando me lembro de ti,
reluzem no horizonte
os mais belos faróis.
Peço-te que me faça merecedor
do teu insigne amor.
Por ti, digo agora ao mundo inteiro
que sou o homem mais feliz que já existiu;
sou o homem mais realizado que já existiu.
O que há de mais belo e perfeito
no mundo, eu possuo: Dellamares! — causa e efeito
do único Amor verdadeiro —!
A ti, somente a ti, Dellamares, somente a ti
darei meu amor, minha eterna Vitória!
Dedicarei toda a minha vida a ti,
viverei somente para te amar.
Serei teu escravo de Amor: Chama-me
quando quiseres,
leva-me contigo e faz de mim
objeto exclusivo do teu soberano Amor.
Eu te amo!

Recebe este anel como símbolo do meu Amor...
E que a partir de agora e para sempre,
por nosso Amor, brilhe o sol da Felicidade,
já que em nós, para nós e através de nós,
se cumpriram as esperanças da Felicidade!
E que minhas palavras
fiquem gravadas nos arquivos do Tempo,
e que em todos os dias, o sol te faça escutá-las,
para que jamais te esqueças
que eu te amo...
— que tu és tudo o que eu quero e preciso;
— que tu és minha vida e meu destino;
— que te amarei eternamente!...
— que sou (e serei!) teu eterno namorado!
 — e que sou (e serei!) teu escravo de amor"!

COLÓQUIO LVII OU DO ANÚNCIO DO CASAMENTO

O sol chegou, e o céu está florido.
Já é anunciado ao mundo inteiro
o momento mais doce da minha vida:
— O meu casamento com Israel!
O tempo é festivo, os dias alegres, e as horas
são operárias sublimes que atuam
tecendo os mais variados momentos
que precedem o grande dia.
Em todos os lugares, há grande movimentação,
conversas, elogios, saudações — tudo por mim!
Há mil coisas para fazer, há mil pessoas
preocupadas com a igreja, com o vestido, com a festa,
as iguarias a serem servidas,
e com a minha singular beleza...
Há mil coisas para fazer,
e já minha certidão e a de Israel
foram levadas ao cartório.
E Israel já concretiza — por nós! — sonhos e planos profissionais.
Também já foi me mostrada a nossa nobre,
suntuosa casa (oceano de Felicidade).
Já estão sendo entregues os convites,
e os convidados se emocionam por mim
e se apressam em se prepararem para a cerimônia.
Já os ares estão sendo limpos, pois nem a menor nuvem poderá
ocultar o brilho do meu olhar.

E há grande movimentação em várias cidades:
Famílias e amigos se apressam em comprar passagens
nos aeroportos e rodoviárias.
Navios carregados de Esperanças e Felicidade
já se preparam para ancorar...
E nos céus, trombetas, harpas, cítaras e liras ensaiam
vinte e quatro horas por dia, para no dia do casamento,
fazerem "O grande concerto".
Sementes de sorrisos são plantadas
em todos os rostos, para todos sorrirem para mim.
E eu vejo tudo isso, docemente sorrindo,
enquanto Israel diz que me ama,
e o meu coração bate feliz e agradecido.

COLÓQUIO LVIII OU DA EXCELSA BELEZA DE DELLAMARES

Deusa digna de admiração,
é feliz por demais
quem reside em teu coração.

É feliz quem escuta as doces palavras
que saem da tua boca,
pois tu és nobre até nos atos e nas palavras!

Música amorosa da noite,
ergue-se nos horizontes
cheia de amores.

Toda vestida de ternura,
— ilumina com sua voz —!
o olhar de Israel que te procura!

Deusa do Amor,
olha, Israel clama pelo teu nome
e os ares te celebram com harmonia e cor.

Música amorosa da noite,
tu és aurora do sol
que arde entre os lençóis de paixões e amores...

Música amorosa, deusa digna de admiração,
proclama ao mundo inteiro
como é rica e perfeita a tua canção!

Deusa digna de admiração,
proclama que tu foste escolhida
entre um milhão,

para seres — para sempre—!
a causa e o efeito de uma alegria singular
que só quem te ama entende.

Deusa digna de admiração,
proclama a todos que tu és portadora
exclusiva de Amor; És preferida entre um milhão.

Deusa digna de admiração,
que encanta a vida de Israel,
tu és da beleza, a encarnação.

Deusa digna de admiração,
princesa do Amor e da beleza,
— até as rainhas e as deusas têm por ti admiração.

Deusa digna de admiração,
tu és a luz do dia,
és magia e sedução.

Deusa digna de admiração,
tu és a calmaria dos sonhos de Israel;
és da vida de Israel a razão.

Deusa digna de admiração,
proclama ao mundo inteiro
que tu és perfeita de vida e coração;

— que tu és amada entre um milhão;
— que tu és o despertar dos dias;
— que tu és Dellamares,
escolhida entre um milhão
para ser a Rainha do Amor,
de Felicidade coroada.
Proclama ao mundo inteiro
que tu és unicamente portadora
do Amor, penhor de eterna duração.

A ti, todo o Amor, toda a alegria,
todos os aplausos,
toda a admiração!

COLÓQUIO LIX OU DAS VÉSPERAS DO CASAMENTO

Calai, cantores, que a Voz de Diamante
já se faz ouvir por estes lugares de Oyama
— entre a brisa e as noites da Bahia e do Rio.
Preparai-vos todos os conhecidos, parentes e amigos:
Já são vésperas do casamento;
já todos ensaiam seu sorriso
para felicitar-me.
E já me levam, cheia de cuidados,
para o salão de Beleza, onde terei uma grande preparação
para o dia de Noiva...
São muitos profissionais que se dedicam minuciosamente
a todos os rituais de beleza — dignos de uma noiva:
Manicure, pedicure, banho de lua, maquiagem...
E soam nos ouvidos
a música tema do meu Idílio.
E já chegaram Cíntia, Mariana, Jéssica, Cida
e até Lindinei!
E o sol, com seu espelho de ouro!
minha imagem reflete.
E meu coração cintila as palavras mágicas
que Israel, por mim e para mim, pronunciou:
"Te amo, Meu Amor, Minha Vida, Minha Riqueza"!
tudo tem meu nome. Tudo sorri para mim.
Em tudo, vejo e escuto Israel dizendo que me ama.
Que privilégio!
Quem, além de mim, tem tal satisfação?

CENÁRIO DO CASAMENTO

Eis o céu com um azul perfeito
e suas portas abertas até o infinito,
onde santos e anjos descem sorrindo para o lugar
onde Dellamares, dentro de instantes, passará...
Eis as vozes Diamantinas e Perfeitas dos BEE GEES
misturadas à de Israel,
tecendo os mais sublimes acordes para Dellamares.
Eis a noite, clara como o dia, reluzindo as luzes
que para ela foram postas
para abrilhantar a cerimônia.
Eis o vento amigo, trazendo consigo
a música dos BEE GEES e o perfume de Dellamares.
Eis um ambiente suntuoso,
cheio de esperança e de alegria:
— Em cada canto, há um sorriso, um gesto de Carinho e emoção.
Em tudo há brilho e beleza.
Tudo é tão perfeito, que não cabe tanta alegria
em quem aqui está.
Tudo é belo: todos se encantam
ao ver a igreja por dentro e por fora
gotejando luz e cheiro de harmonia e paz...
Tudo é harmonia: todos se cumprimentam,
e esperam ansiosos a chegada da noiva,
enquanto contemplam Israel feliz, cujo olhar
tem um brilho mais perfeito e intenso
que o brilho do sol.
Das escadarias, nota-se surgirem pequenas lâmpadas
para adornar a passagem de Dellamares.

E um longo tapete vermelho
posto para amparar os graciosos passos da noiva.
E arranjos perfeitos adornam todo o corredor da igreja;
e guirlandas e grinaldas pairam no ar;
e todos os olhos aguardam ali, para verem,
— pela única vez — a celebração do verdadeiro Amor.
E as famílias dos noivos, em trajes de Reis, Condes,
Rainhas e Condessas, não contêm a emoção
e o privilégio, pelo nobre episódio de que seus filhos
são — desde a eternidade — personagens.

E Israel, diante dos convidados,
era como o sol entre os planetas...
E os Santos da igreja estão ornados,
para contemplar Dellamares e seu matrimônio.
Os Santos da igreja estão em ritos de festa
— não por eles —, mas por ela!
Eis um grande acontecimento: Até os Santos
se prepararam para contemplar Dellamares.
Até Deus desceu dos céus para assistir à cerimônia!

COLÓQUIO LX OU DA CHEGADA DA NOIVA NA IGREJA

Enfim, chegado é o momento.
São 19h30min do dia 2 de agosto.
Todos os Santos, Anjos, Deuses e Fadas,
tudo o que há de mais nobre, belo e alegre,
está aqui por ela.
Por ela, com ela, e nela,
se realizarão as esperanças da Felicidade.
Todos os olhos — divinos e humanos! — estão atentos
para contemplá-la em sua Beleza e Felicidade:
Eis na porta principal da igreja, Dellamares,
divinamente vestida de noiva.
Circundam-na seis damas de honra,
todas as deusas e mais de mil olhares.
Os santos da igreja, comovidos,
contemplam a personificação do matrimônio.
Das deusas, as mais belas são servas do cortejo:
Uma põe rosas em seu sorriso,
outra orna a grinalda
com símbolos de amor e de paixão,
e a outra perfuma seus passos
que seguem rumo ao encontro de Israel
com alegria e amor...
Subitamente, irrompe doce música
para acolher a distinta noiva;
mas em seus ouvidos, soa sem parar
a diamantina música dos BEE GEES
que a faz caminhar feliz e apaixonada.

O cortejo atravessa lentamente o corredor rumo ao altar,
onde a esperam Israel, seu noivo,
e o sacerdote que realizará a cerimônia.
Enquanto atravessa o corredor,
Dellamares é admirada, endeusada:
Fotógrafos e convidados,
todos, a cada passo dela,
fazem muitas e muitas fotografias.
Agora, mais que todas as celebridades,
só ela é vista, é admirada, é aplaudida!
Só ela é a causa de toda essa alegria.
Seus gestos mais simples
e seu doce e duradouro sorriso,
são motivos de flashs e aplausos.
É a perfeita que Israel escolheu entre um milhão,
para ser abrigo do Amor e do Prazer.
A ela, toda a admiração,
todos os aplausos
e toda a Felicidade!

FALA A DELLAMARES

Flor da puríssima alegria,
harmonia da vida,
em cujo olhar traz a luz do dia,
lembra-te que és admirada e querida.

Estrela única do céu do amor,
que brilha intensa na imensidão,
dás a Israel, da vida, o sabor.
Tua vida é angélica canção.

Princesa! De amor e de rosas coroada,
feliz é quem te ama,
porque ver a ti, é ver a Felicidade!
Serás sempre amada!
Admirada seja em sua Felicidade!

COLÓQUIO LXI OU DA DESCRIÇÃO DA NOIVA

Tão feliz ela está
e sente-se tão amada,
que dos ares, ramalhetes e grinaldas
sobre ela se vê pousar.
Perfeita de amor e de sorriso,
seus passos parecem luz a cintilar
rumo ao paraíso.
Tão formosa, que seu semblante
parece Vênus sorrindo.
Seu sorriso ensarta um diamante
entre alvoradas, luzindo...
Tão graciosa está,
que parece trazer consigo
o sol e o luar.
Do seu peito, pelo amor movido,
voam em direção
a Israel, as mais lindas setas
que lhe atingem o coração,
circundando-os numa doçura que não cessa...
E ela está tão feliz e agradecida
— entre um milhão! —
por ser assim, amada,
e tão de amor realizada,
que se vê no seu sorriso
a estrela d'alva.
Ela é amada;
Feliz é Israel, que, amando-a,
vive plenamente no paraíso...

COLÓQUIO LXII OU DO CASAMENTO DE DELLAMARES

Agora todos com os olhos atentos,
contemplam Israel tomar a mão da noiva.
Ambos estão diante do Sacerdote.
E o Sacerdote começa a celebrar os ritos;
suas palavras parecem pétalas perfumadas
a inebriar os ouvidos e o coração dos noivos.
E são recitados hinos de alegria
e proferidas as mais tocantes palavras
de júbilo e ação de graças
pelo nobre acontecimento.
Sob ordem do Sacerdote, os noivos trocam as alianças
enquanto juram as mais belas e infalíveis
promessas de amor eterno:
"Recebe esta aliança como sinal do meu Amor;
te amarei para sempre, por quanto durar a eternidade,
com a mesma força, com a mesma alegria,
com o mesmo Amor"...
E o Sacerdote com uma voz profundamente
jubilosa, pronuncia as solenes palavras
que anunciam ao mundo inteiro,
Dellamares como esposa de Israel:
— "Eu vos declaro, vos pronuncio e vos defino
como marido e mulher!
Sejam felizes e que Deus os abençoe!
O noivo pode beijar a noiva".
Nesse momento, todas as folhas enverdeceram.
Todos os jardins floresceram.

E os fortes laços de Amor foram,
por eles, criados.
Agora e para sempre serão felizes,
e o Amor será tudo de que precisam
para serem felizes.
E seu Amor é tão forte que ultrapassa
os limites do tempo e do espaço.
— De todos os olhos, dispersaram uma música de Amor.
— De todos os lábios brotaram
os mais belos sorrisos.
— E as estrelas todas sorriram.
— E dos céus abertos, ouve-se harpas e cítaras.
— E seres de ouro acenavam das alturas.
— E o vento trazia para todos
o cheiro que a Felicidade emana...
— E todos os convidados aplaudiam,
cheios de alegria, esta amável cena.
— E ficará para sempre escrito e gravado
na memória do tempo.
— E Deus, sorrindo, abençoava o casal...

COLÓQUIO LXIII OU DA FESTA DE CASAMENTO

Após o casamento, Dellamares já casada
foi ao salão de festa com Israel.
Tão feliz estava, de alegria cercada,
que do seu sorriso, jorrava mel.
Todos os convidados a olhavam
e entre si, comentavam:
"Ela está tão feliz, que está transfigurada!
Vejam a ternura em suas mãos,
sua face, de sonhos ornada,
e o sorriso em seu coração
e a ternura em seu olhar.
Sua presença tão perfumada
que se parece com um fada"!
E ela, com seu esposo dançava.
Cada gesto, cada passo,
era o Amor que a embalava,
e perante a música,
entrelaçavam-se num abraço.
A música, em tudo se derramava...
E a noite era mágica...
A alegria a todos contagiava...
Sobre Dellamares, pairavam ramalhetes e grinaldas.
E o sol e a lua e as estrelas
brilhavam onde ela estava,
tornando-a singular princesa.
E a música, em tudo se derramava...
E todos bebiam, comiam, dançavam:

— A felicidade dela — todos comemoravam!
Podia-se ler a palavra Felicidade no seu olhar...
Realmente, a celebração do casamento
foi um grande acontecimento:
A realeza do matrimônio foi tanta,
que até Deus desceu dos céus à terra,
para contemplar
a face dela.

COLÓQUIO LXIV OU DA SAUDAÇÃO DOS CONVIDADOS AOS NOIVOS

Em um certo momento,
os recém-casados pararam, alegres,
para receberam os cumprimentos
de todos. Olhos brilhantes, corações prestes
a explodir de tanta emoção...
Tudo pareceu ser a razão
somente de, por eles, dar toda a atenção.
Estavam os recém-casados circundados
por imensa nuvem multicor
de um brilho dourado.
E sopravam-lhes vozes de Amor...
E um a um, os convidados
vinham saudá-los,
sorridentes e admirados,
dizendo ao casal apaixonado:
"Vocês são exemplo vivo
do mais nobre amor,
e o mais perfeito dos Idílios!
Merecem agora — e para sempre — ! Os mais vivos
aplausos pelo privilégio singular
a vocês concedido
de serem, a cada dia, rejuvenescidos,
por saberem soberanamente a arte de amar.

Desejamos a vocês a mais doce Felicidade
em todos os seus dias,
e os admiramos pela extrema bondade
que a Vida lhes favoreceu
com tanto Amor e tanta alegria,
isentando-os de sofrer!
E que Deus realize sorrindo,
tudo o que acabamos de dizer,
também, imensamente sorrindo!
Parabéns"!

COLÓQUIO LXV OU DA EMOÇÃO DE ISRAEL NA HORA DO CASAMENTO

"Senti como se o mundo todo
estivesse sob meus pés.
Parece que tudo vinha e dependia de mim.
E eu me sentia superior a tudo.
Via a igreja repleta de pessoas,
lembrando sempre que eu também
era causa — junto com Dellamares — de tanta alegria!
As horas passavam, mas eu não me preocupava,
porque sabia independentemente de tempo,
eu teria (e tenho) a mulher que amo
a vida toda.
Durante toda a cerimônia,
eu sentia como se a música, o som, a luz, as cores
— tudo se emitia de mim,
e eu, mais que nunca,
só tinha motivos para agradecer à vida,
que me fez personagem — junto com Dellamares —
da mais perfeita história de Amor.
Minha Felicidade foi tanta
quando vi Dellamares vindo ao meu encontro,
que eu me senti um deus;
e tudo que acontecia
era para mim,
— celebração aos meus louvores".

COLÓQUIO LXVI OU DA EMOÇÃO DE DELLAMARES NA HORA DO CASAMENTO

Senti que vozes angélicas falavam comigo,
e mãos acenavam para mim,
e coroavam-me com coroas de cintilantes desejos
e carinhos imensos.
Quando cheguei à porta da igreja,
parece que todos os seres celestes sorriam para mim
e eu me sentia como a mais digna princesa.
O ar trazia meu perfume e o espalhava
entre tudo e todos...
Brilhava em mim olhos de diamantes
e era minha respiração
como rosas brancas perfumadas
e minha voz,
como a voz das liras nas cascatas...
Vi o mundo todo se tornar submisso a mim,
enquanto eu recordava
todas as declarações de amor
que Israel fizera para mim.
Enquanto eu recordava nossas juras de amor,
vozes amigas diziam sem cessar:
"Tu és predestinada para ser, por Israel, amada
e pelo mundo inteiro, admirada.
Ama este que a vida e o destino
te deram por companheiro de amor
e lembra-te que para sempre
serás amada e feliz!

Esta festa ficará gravada na memória do tempo
— para sempre! —
e tu entrarás na história
de forma singular e ditosa! Parabéns"!
Quando comecei a ouvir essas palavras,
ligeiramente senti-me extasiada;
durante cerca de três minutos,
fiquei imóvel de tanta alegria;
mas o olhar de Israel, as vozes que eu ouvia,
e a música dos BEE GEES,
levantavam minha emoção,
e quando finalmente eu disse "sim"
a Felicidade me abençoou para sempre
e fez-me semelhante a ela.
E a música dos BEE GEES tocava em meus ouvidos
com mais intensidade...
Ao olhar Israel no altar, infinitamente foi a alegria
em caminhar em sua direção
para celebrarmos nossa Felicidade
e selarmos para sempre nosso matrimônio.
Infinita foi a alegria de, naquele momento,
receber para sempre os tesouros que a Felicidade
singularmente me agraciou,
ao me escolher entre um milhão
para ser a portadora do Amor
— penhor de Eterna Duração!...

COLÓQUIO LXVII OU DA NOITE DE NÚPCIAS

A noite parecia chegar enfeitada de sonhos e prazer;
era como se fosse a primeira vez que existisse.
E sob a imensa alegria, ouvi a noite me dizer:
— "Deixa que eu te encante,
que é por ti, que me viste
chegar assim. Deixarei em ti os diamantes
de amor e de alegria, tão brilhantes"!

E uma imensa nuvem de pétalas vermelhas
passava por mim, enquanto
saboreava o espumante de cereja,
e ouvia meu coração cantando.
E Israel me beijava, me abraçava...
E eu estava convencida que era amada...

A noite passava diante de mim
lenta e suavemente, mas deixava atrás de si,
doce caminho de prazer, perfumado de jasmim.
E dizia-me que eu era rainha, na corte...
E uma música romântica, sem parar, tocava...
E eu cada vez mais, ficava apaixonada...

E assim, a noite tão encantada
passava e deixava em cada segundo
um motivo para sorrir, apaixonada,
e mostrar que tudo, por mim, era preciso.
E havia um letreiro na porta
que alguém escreveu
com letras douradas de verdade,
pois assim aconteceu:
"Aqui está mergulhada,
no oceano da Felicidade,
de ternura e de alegria, ornada
e imensamente apaixonada,
Dellamares,
a quem o Amor
singularmente se manifestou".

COLÓQUIO LXVIII OU DO DESPERTAR DE DELLAMARES

A noite passou como que por encanto;
como uma imensa nuvem
de pétalas de rosas perfumadas
levadas pelo vento,
deixando em mim
as marcas de uma Felicidade indescritível!
A música ainda tocava quando despertei,
imersa no manancial de Amor e da Paixão.
Olhei ao meu lado, Israel ainda dormia.
Seu semblante era doce, calmo,
e mesmo dormindo, ele sorria.
Que alegria!
Como posso fazê-lo feliz assim?
E como posso ser tão amada?
Ao olhar o horizonte, vi à minha frente,
um cenário que jamais esquecerei:
O sol refletia em seus raios,
um retrato meu junto com Israel
e um arco-íris dourado
junto ao sol se erguia,
tendo meu nome e o de Israel
gravados no meio
e enfeitados de flores, luzes e pássaros!
Então, Israel pedia minha mão...
A mão dele vinha ao encontro da minha,
e nós contemplamos aquela cena
de indescritível beleza...

Se passou diante daquela cena,
o momento mais doce de minha vida.
Depois disso, surgia à minha frente
uma rica e vasta cesta de café da manhã,
repleta de iguarias.
A cada momento, vinha a mim,
uma declaração de Israel,
e uma certeza que sou e serei
feliz e amada
por toda a vida.
E tão feliz eu estava!
Sou grata à Vida, por ser tão de Felicidade enriquecida,
tão de amor realizada!
E minha vida foi na de Israel, transplantada.
Tão feliz eu estava,
que irradiava Felicidade,
— privilégio a mim concedido —
desde o primeiro instante que vi Israel!
Agradeço à Vida, que copiosamente me enriqueceu
de tanta alegria, tanta Felicidade
e com a ternura
de ser plenamente amada:
— Sou a fonte fecunda e infinita do Amor,
Penhor de Eterna duração...

COLÓQUIO LXIX OU DE DELLAMARES DESPOSADA

Desde o meu doce despertar,
imersa no oceano da Felicidade,
pude, desde então, meus sonhos, recordar!
Oh, feliz sou eu por unanimidade!

Carregando comigo
os predicados do Amor e da alegria,
contemplo meu rosto no sol, erguido,
e por Israel, faço música, dos dias.

Deixo atrás de mim,
por onde passo,
uma alegria sem fim
e em tudo, há beijo e abraço.

Portadora de tanta Felicidade,
a ninguém me posso comparar.
Que é saudade?
Só choro por ver a noite passar...

De mel é minha vida;
e meu leito exalta o prazer
de viver com a alma tão florida,
e meu coração tão divino como o amanhecer!

COLÓQUIO LXX OU DA TOCANTE DECLARAÇÃO DE AMOR A ISRAEL

Tu que és a razão do meu despertar,
tu que és o sol da minha vida,
que brilhas intensamente para mim,
tu que fazes meu coração sorrir
de tanta ternura,
tu que me escolheste entre um milhão
para dar-me os tesouros do Amor e da Felicidade,
tu que puseste meu nome nas estrelas
para me fazer conhecida e amada,
e anunciaste ao mundo inteiro
como tua rainha e eterna namorada,
tu que, como por encanto,
isentaste-me para sempre
do abandono, da tristeza, do remorso e da dor,
tu que me ornaste
com a coroa da verdadeira alegria,
e fizeste de mim
esta rosa de perfeita e duradoura beleza,
tu, ó Israel, por quem vivo imersa
no oceano de Amor e do Prazer,
tu és o meu objetivo, minha esperança!
Tu, Israel, por quem vivo
as mais sublimes e incomparáveis alegrias,
olhes para mim e veja
como estou luzente de Amor, Beleza e Prazer
— e tudo é para ti!

Nesta hora em que tudo respira alegria,
vejo que nossa Felicidade é maior,
e o nosso sorriso
é mais doce e perfeito que todos os outros.
Nesta hora em que tudo para mim
é motivo de sorrir, de espargir minha alegria,
não consta que há mais alguém
altamente feliz
ou com razão para estar,
mas somente eu com ternura
de ser querida e amada por ti.
E tu sabes que eu também
te amo imensamente.
E te amarei para sempre.
Doravante, serei o perfeito leito
que abrigará teu sono;
minha voz será a melodia
que teus ouvidos ouvirão todas as noites.
Tua saliva será a água fresca
que beberei todos os dias, apaixonada.
Teus abraços serão meu cobertor
e eu não mais sentirei frio ou calor.
Serás, meu Amor, o sol de todas as manhãs
que encherá minha vida
da mais pura harmonia e Felicidade.
Te amo! E te amarei eternamente!...

COLÓQUIO LXXI OU DA SOLENE FALA DE DELLAMARES

Escrevo minha história,
para que seja, para sempre,
lembrada em todas as memórias,
e que ao se lembrar, sinta-se cada um contente.
Escrevo minha história,
para que seja, pelo tempo, contada,
pelos ouvidos do mundo inteiro escutada,
e pela eternidade — Comemorada!
Falo ao mundo inteiro para provar
que eu serei sempre — pelo Amor estimada —
e é somente pelo Amor que eu posso proclamar
que sou imensamente feliz, que amo e sou amada!
Ao mundo inteiro quero mostrar, orgulhosa,
os quatro instantes (que me deixaram mais exaltada)
mais doces da minha história:
— A moça apaixonada;
— a noiva esplêndida e admirada;
— a mulher Feliz e apaixonada;
— a mulher infinitamente amada!
Como os olhos são o espelho da alma
e traduzem o que sente o coração,
falo com toda a convicção;
ao mundo inteiro quero mostrar
a ternura de ser amada!
Eis a consequência de amar:
— Mais que todas as luzes,
— Brilha para sempre O MEU OLHAR...